江戸川乱歩

妖異幻想傑作集

白昼夢

長山靖生・編

小鳥遊書房

白昼夢

江戸川乱歩　妖異幻想傑作集／目次

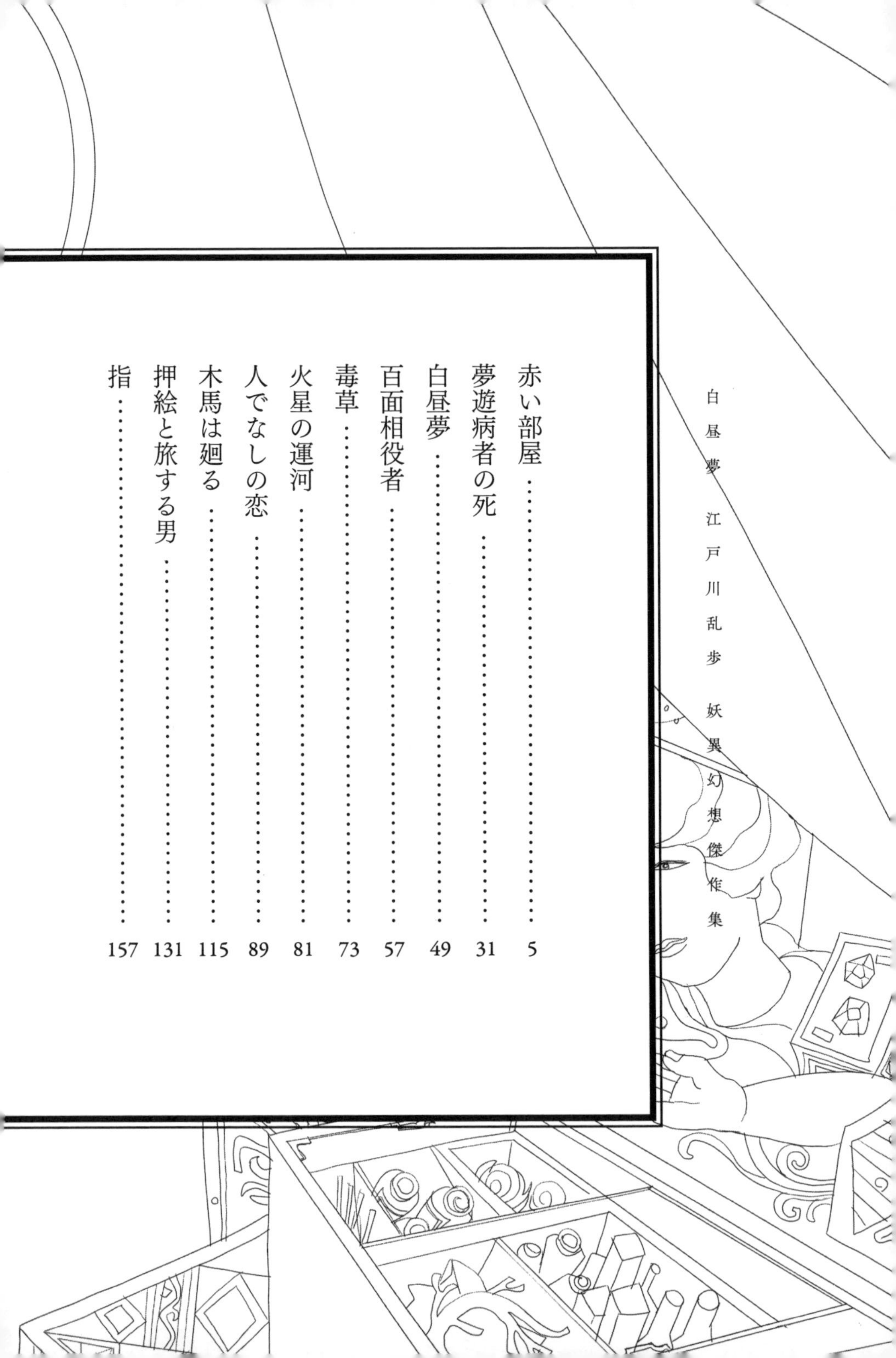

白昼夢　江戸川乱歩　妖異幻想傑作集

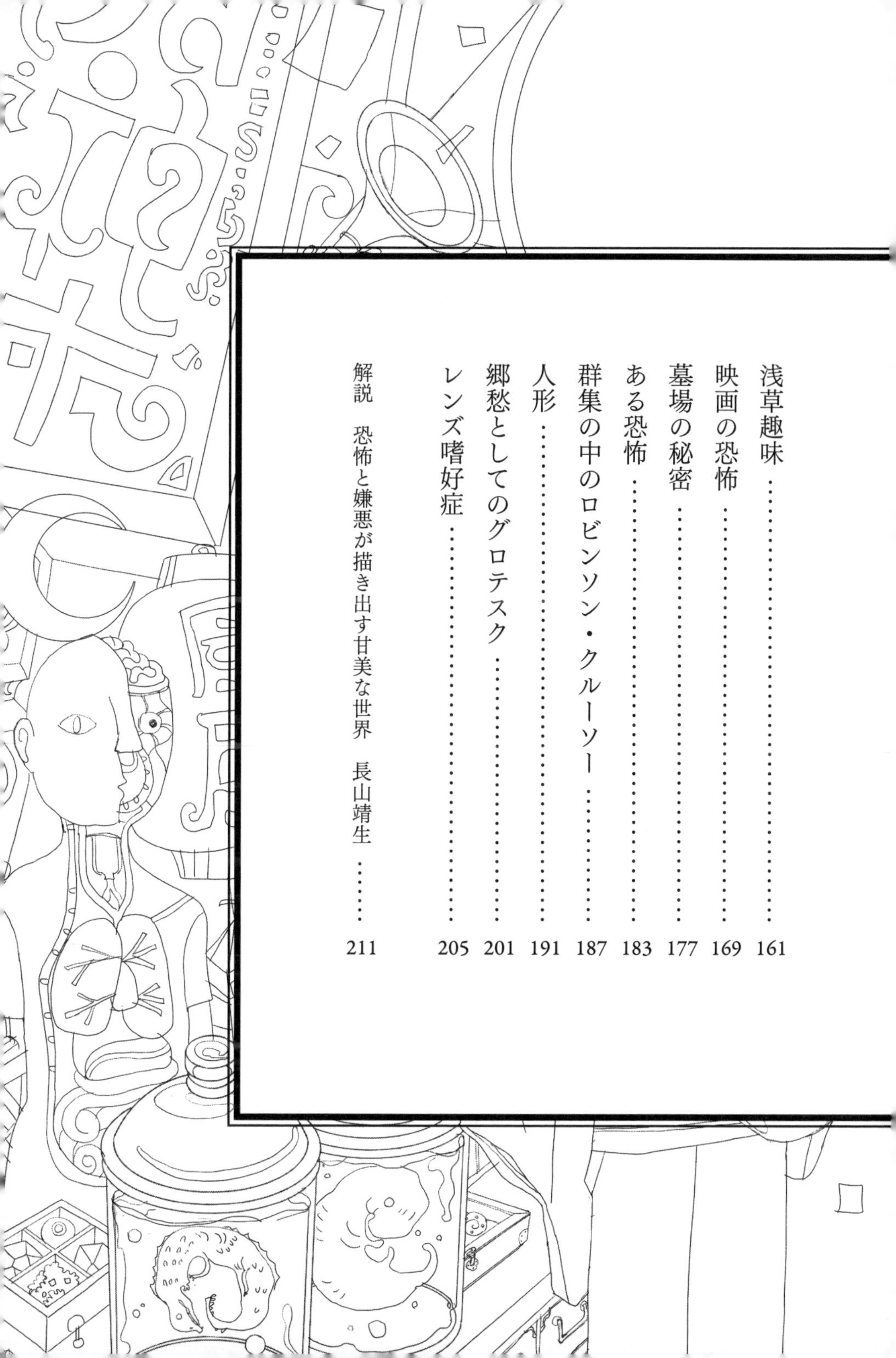

赤い部屋

異常な興奮を求めて集った、七人のしかつめらしい男が（私もその中の一人だった）態々其為（わざわざそのため）にしつらえた「赤い部屋」の、緋色（ひいろ）の天鵞絨（びろうど）で張った深い肘掛椅子に凭（もた）れ込んで、今晩の話手が何事か怪異な物語を話し出すのを、今か今かと待構（まちかま）えていた。

七人の真中には、これも緋色の天鵞絨で覆われた一つの大きな円卓子（まるテーブル）の上に、古風な彫刻のある燭台（しょくだい）にさされた、三挺（さんちょう）の太い蠟燭（ろうそく）がユラユラと幽（かす）かに揺れながら燃えていた。

部屋の四周には、窓や入口のドアさえ残さないで、天井から床まで、真紅（まっか）な重々しい垂絹（たれぎぬ）が豊かな襞（ひだ）を作って懸けられていた。ロマンチックな蠟燭の光が、その静脈から流れ出したばかりの血の様にも、ドス黒い色をした垂絹の表に、我々七人の異様に大きな影法師（かげぼうし）を投げていた。そして、その影法師は、蠟燭の焰につれて、幾つかの巨大な昆虫でもあるかの様に、垂絹の襞の曲線の上を、伸びたり縮んだりしながら這い歩いていた。

いつもながらその部屋は、私を、丁度とほうもなく大きな生物の心臓の中に坐ってでもいる様な気持にした。私にはその心臓が、大きさに相応したのろさを以（もっ）て、ドキンドキンと脈うつ音さえ感じられる様に思えた。

誰も物を云わなかった。私は蠟燭をすかして、向側に腰掛けた人達の赤黒く見える影の多い顔を、何ということなしに見つめていた。それらの顔は、不思議にも、お能の面の様に無表情に微動さえしないかと思われた。

やがて、今晩の話手と定められた新入会員のT氏は、腰掛けたままで、じっと蠟燭の火を見つめながら、次の様に話し始めた。私は、陰影の加減で骸骨の様に見える彼の顎が、物を云う度にガクガクと物淋しく合わさる様子を、奇怪なからくり仕掛けの生人形でも見る様な気持で眺めていた。

私は、自分では確かに正気の積りでいますし、人も亦その様に取扱って呉れていますけれど、真実正気なのかどうか分りません。狂人かも知れません。それ程でないとしても、何かの精神病者という様なものかも知れません。兎に角、私という人間は、不思議な程この世の中がつまらないのです。生きているという事が、もうもう退屈で退屈で仕様がないのです。

初めの間は、でも、人並みに色々の道楽に耽った時代もありましたけれど、それが何一つ私の生れつきの退屈を慰めては呉れないで、却って、もうこれで世の中の面白いことというものはお仕舞なのか、なあんだつまらないという失望ばかりが残るのでした。で、段々、私は何かをやるのが臆劫になって来ました。例えば、これこれの遊びは面白い、きっとお前を有頂天にして呉れるだろうという様な話を聞かされますと、おお、そんなものがあったのか、では早速やって見ようと乗気になる代りに、まず頭の中でその面白さを色々と想像して見るのです。そして、さんざん想像を廻らした結果は、いつも「なあに大したことはない」とみくびって了うのです。

そんな風で、一時私は文字通り何もしないで、ただ飯を食ったり、起きたり、寝たりするばかりの日を暮していました。そして、頭の中丈けで色々な空想を廻らしては、これもつまらない、あれも退屈だと、片端からけなしつけながら、死ぬよりも辛い、それでいて人目には此上もなく安易な生活を送っていました。

これが、私がその日その日のパンに追われる様な境遇だったら、まだよかったのでしょう。仮令強いられた労働にしろ、兎に角何かすることがあれば幸福です。それとも又、私が飛切りの大金持ででもあったら、もっとよかったかも知れません。私はきっと、その大金の力で、歴史上の暴君達がやった様なすばらしい贅沢（ぜいたく）や、血腥（ちなまぐさ）い遊戯や、その他様々の楽しみに耽（ふ）けることが出来たでありましょうが、勿論それもかなわぬ願いだとしますと、私はもう、あのお伽噺（とぎばなし）にある物臭太郎の様に、一層死んで了った方がましな程、淋しくものういその日その日を、ただじっとして暮す他はないのでした。

こんな風に申上げますと、皆さんはきっと「そうだろう、そうだろう、併し世の中の事柄に退屈し切っている点では我々だって決してお前にひけを取りはしないのだ。だからこんなクラブを作って何とかして異常な興奮を求めようとしているのではないか。お前もよくよく退屈なればこそ、今、我々の仲間へ入って来たのであろう。それはもう、お前の退屈していることは、今更聞かなくてもよく分っているのだ」とおっしゃるに相違ありません。ほんとうにそうです。私は何もくどくどと退屈の説明をする必要はないのでした。そして、あなた方が、そんな風に退屈がどんなものだかをよく知っていらっしゃると思えばこそ、私は今夜この席に列して、私の変てこな身の上話をお話しようと決心したのでした。

私はこの階下のレストランへはしょっちゅう出入（でいり）していまして、自然ここにいらっしゃる御主人とも御心安く、大分以前からこの「赤い部屋」の会のことを聞知っていたばかりでなく、一再（いっさい）ならず入会することを勧められてさえいました。それにも拘（かかわ）らず、そんな話には一も二もなく飛びつき相（そう）な退屈屋の私が、今日まで入会しなかったのは、私が、失礼な申分かも知れませんけれど、皆さんなどとは比べものにならぬ程退屈し切っていたからです。退屈し過ぎていたからです。

犯罪と探偵の遊戯ですか、降霊術其他（こうれいじゅつそのた）の心霊上の様々の実験ですか、Obscene Picture の活動写真や実演やその他のセンジュアルな遊戯ですか、刑務所や、瘋癲病院や、解剖学教室などの参観ですか、まだそういうものに幾らかでも興味を持ち得(う)るあなた方は幸福です。私は、皆さんが死刑執行のすき見を企てていられると聞いた時でさえ、少しも驚きはしませんでした。といいますのは、私は御主人からそのお話のあった頃には、もうそういうありふれた刺戟(しげき)には飽き飽きしていたばかりでなく、ある世にもすばらしい遊戯、といっては少し空恐しい気がしますけれど、私にとっては遊戯といってもよい一つの事柄を発見して、その楽しみに夢中になっていたからです。

　その遊戯というのは、突然申上げますと、皆さんはびっくりなさるかも知れませんが……、人殺しなんです。ほんとうの殺人なんです。しかも、私はその遊戯を発見してから今日までに百人に近い男や女や子供の命を、ただ退屈をまぎらす目的の為ばかりに、奪って来たのです。あなた方は、では、私が今その恐ろしい罪悪を悔悟(かいご)して、懺悔(ざんげ)話をしようとしているかと早合点なさるかも知れませんが、ところが、決してそうではないのです。私は少しも悔悟なぞしてはいません。犯した罪を恐れてもいません。それどころか、ああ何ということでしょう。私は近頃になってその人殺しという血腥い刺戟にすら、もう飽きあきして了ったのです。そして、今度は他人ではなくて自分自身を殺す様な事柄に、あの阿片(アヘン)の喫煙に耽り始めたのです。流石(さすが)にこれ丈けは、そんな私にも命は惜しかったと見えまして、我慢に我慢をして来たのですけれど、人殺しさえあきはてては、もう自殺でも目論(もくろ)む外には、刺戟の求め様がないではありませんか。私はやがて程なく、阿片の毒の為に命をとられて了うでしょう。そう思いますと、せめて筋路の通った話の出来る間に、私は誰れかに私のやって来た事を打開けて置き度いのです。それには、この「赤い部屋」の方々が一番ふさわしくはないでしょうか。

そういう訳で、私は実は皆さんのお仲間入りがし度い為ではなくて、ただ私のこの変な身の上話を聞いて貰い度いばかりに、会員の一人に加えて頂いたのです。そして、幸いにも新入会の者は必ず最初の晩に、何か会の主旨に副う様なお話をしなければならぬ定めになっていましたのでこうして今晩その私の望みを果す機会をとらえることが出来た次第なのです。

それは今からざっと三年計り以前のことでした。その頃は今も申上げました様に、あらゆる刺戟に飽きはてて何の生甲斐もなく、丁度一匹の退屈という名前を持った動物ででもある様に、ノラリクラリと日を暮していたのですが、その年の春、といってもまだ寒い時分でしたから多分二月の終りか三月の始め頃だったのでしょう、ある夜、私は一つの妙な出来事にぶつかったのです。私が百人もの命をとる様になったのは、実にその晩の出来事が動機を為したのでした。

どこかで夜更しをした私は、もう一時頃でしたろうか。少し酔っぱらっていたと思います。寒い夜なのにブラブラと俥にも乗らないで家路を辿っていました。もう一つ横町を曲ると一町ばかりで私の家だという、その横町を何気なくヒョイと曲りますと、出会頭に一人の男が、何か狼狽している様子で慌ててこちらへやって来るのにバッタリぶつかりました。私も驚きましたが男は一層驚いたと見えて暫く黙って衝っ立っていましたが、おぼろげな街燈の光で私の姿を認めるといきなり「この辺に医者はないか」と尋ねるではありませんか。よく訊いて見ますと、その男は自動車の運転手で、今そこで一人の老人を（こんな夜中に一人でうろついていた所を見ると多分浮浪の徒だったのでしょう）轢倒して大怪我をさせたというのです。なる程見れば、すぐ二三間向うに一台の自動車が停っていて、その側に人らしいものが倒れてウーウーと幽かにうめいています。交番といっても大分遠方ですし、それに負傷者の苦しみがひどいので、運転手は何はさて置き先ず医者を探そうとしたのに相違ありません。

私はその辺の地理は、自宅の近所のことですから、医院の所在などもよく弁えていましたので早速こう教えてやりました。

「ここを左の方へ二町ばかり行くと左側に赤い軒燈の点いた家がある。M医院というのだ。そこへ行って叩き起したらいいだろう」

すると運転手はすぐ様助手に手伝わせて、負傷者をそのM医院の方へ運んで行きました。私は彼等の後ろ姿が闇の中に消えるまで、それを見送っていましたが、こんなことに係合っていてもつまらないと思いましたので、やがて家に帰って、——私は独り者なんです。——婆やの敷いて呉れた床へ這入って、酔っていたからでしょう、いつになくすぐに眠入って了いました。

実際何でもない事です。若し私がその儘その事件を忘れて了いさえしたら、それっ限りの話だったのです。ところが、翌日眼を醒した時、私は前夜の一寸した出来事をまだ覚えていました。そしてあの怪我人は助かったかしらなどと、要もないことまで考え始めたものです。すると、私はふと変なことに気がつきました。

「ヤ、俺は大変な間違いをして了ったぞ」

私はびっくりしました。いくら酒に酔っていたとは云え、決して正気を失っていた訳ではないのに、私としたことが、何と思ってあの怪我人をM医院などへ担ぎ込ませたのでしょう。

「ここを左の方へ二町ばかり行くと左側に赤い軒燈の点いた家がある……」

というその時の言葉もすっかり覚えています。なぜその代りに、

「ここを右の方へ一町ばかり行くとＫ病院という外科専門の医者がある」と云わなかったのでしょう。私の教えたＭというのは評判の藪医者で、しかも外科の方は出来るかどうかさえ疑わしかった程なのです。ところがＭとは反対の方角でＭよりはもっと近い所に、立派に設備の整ったＫという外科病院があるではありませんか。無論私はそれをよく知っていた筈なのです。知っていたのに何故間違ったことを教えたか。その時の不思議な心理状態は、今になってもまだよく分りませんが、恐らく胴忘れとでも云うのでしょうか。

私は少し気懸りになって来たものですから、婆やにそれとなく近所の噂などを探らせて見ますと、どうやら怪我人はＭ医院の診察室で死んだ塩梅なのです。どこの医者でもそんな怪我人なんか担ぎ込まれるのは厭がるものです。まして夜半の一時というのですから、無理もありませんがＭ医院ではいくら戸を叩いても、何のかんのと云って却々開けて呉れなかったらしいのです。さんざん暇どらせた挙句やっと怪我人を担ぎ込んだ時分には、もう余程手遅れになっていたに相違ありません。でも、その時若しＭ医院の主が「私は専門医でないから、近所のＫ病院の方へつれて行け」とでも、指図をしたなら、或は怪我人は助っていたのかも知れませんが、何という無茶なことでしょう。彼は自からその難しい患者を処理しようとしたらしいのです。そしてしくじったのです、何んでも噂によりますとＭ氏はうろたえて了って、不当に長い間怪我人をいじくりまわしていたとかいうことです。

私はそれを聞いて、何だかこう変な気持になって了いました。

この場合可哀相な老人を殺したものは果して何人でしょうか。自動車の運転手とＭ医師ともに、夫々責任のあることは云うまでもありません。そしてそこに法律上の処罰があるとすれば、それは恐らく運転手の過失に対して行われるのでしょうが、事実上最も重大な責任者はこの私だったのではありますまいか。若しその際私がM医院でなくてK病院を教えてやったとすれば、少しのへまもなく怪我人は助かったのかも知れないのです。運転手は単に怪我をさせたばかりです。殺した訳ではないのです。M医師は医術上の技倆が劣っていた為にしくじったのですから、これもあながち咎める所はありません。よし又彼に責を負うべき点があったとしても、その元はと云えば私が不適当なM医院を教えたのが悪いのです。つまり、その時の私の指図次第によって、老人を生かすことも殺すことも出来た訳なのです。それは怪我をさせたのは如何にも運転手でしょう。けれど殺したのはこの私だったのではありますまいか。

　これは私の指図が全く偶然の過失だったと考えた場合ですが、若しそれが過失ではなくて、その老人を殺してやろうという私の故意から出たものだったとしたら、一体どういうことになるのでしょう。いうまでもありません。私は事実上殺人罪を犯したものではありませんか。併し法律は仮令運転手を罰することはあっても、事実上の殺人者である私というものに対しては、恐らく疑いをかけさえしないでしょう。なぜといって、私と死んだ老人とはまるきり関係のない事がよく分っているのですから。そして仮令疑いをかけられたとしても、私はただ外科医院のあることなど忘れていたと答えさえすればよいではありませんか。それは全然心の中の問題なのです。

　皆さん。皆さんは嘗てこういう殺人法について考えられたことがおありでしょうか。私はこの自動車事件で始めてそこへ気がついたのですが、考えて見ますと、この世の中は何という険難至極な場所なのでしょう。いつ私の様な男が、何の理由もなく故意に間違った医者を教えたりして、そうでなければ取止めることが出来た命を、不当に失って了う様な目に合うか分ったものではないのです。

これはその後私が実際やって見て成功したことなのですが、田舎のお婆さんが電車線路を横切ろうと、まさに線路に片足をかけた時に、無論そこには電車ばかりでなく自動車や自転車や馬車や人力車などが織る様に行違っているのですから、そのお婆さんの頭は十分混乱しているに相違ありません。その片足をかけた刹那に、急行電車か何かが疾風（しっぷう）の様にやって来てお婆さんから二三間の所まで迫ったと仮定します。その際、お婆さんがそれに気附かないでそのまま線路を横切って了えば何のことはないのですが、誰かが大きな声で「お婆さん危いッ」と怒鳴りでもしようものなら、忽（たちま）ち慌てて了って、そのままつき切ろうか、一度後へ引返そうかと、暫（しばら）くまごつくに相違ありません。そして、若しその電車が、余り間近い為に急停車も出来なかったとしますと、「お婆さん危いッ」というたった一言が、そのお婆さんに大怪我をさせ、悪くすれば命までも取って了わないとは限りません。先きも申上げました通り、私はある時この方法で一人の田舎者をまんまと殺して了ったことがありますよ。

（T氏はここで一寸言葉を切って、気味悪く笑った）

この場合「危いッ」と声をかけた私は明かに殺人者です。併し誰が私の殺意を疑いましょう。何の恨（うら）みもない見ず知らずの人間を、ただ殺人の興味の為ばかりに、殺そうとしている男があろうなどと想像する人がありましょうか。それに「危いッ」という注意の言葉は、どんな風に解釈して見たって、好意から出たものとしか考えられないのです。表面上では、死者から感謝されこそすれ決して恨まれる理由がないのです。皆さん、何と安全至極な殺人法ではありませんか。

世の中の人は、悪事は必ず法律に触れ相当の処罰を受けるものだと信じて、愚にも安心し切っています。誰にしたって法律が人殺しを見逃そうなどとは想像もしないのです。ところがどうでしょう。今申上げました二つの実例から類推出来る様な少しも法律に触れる気遣いのない殺人法が考えて見ればいくらもあるではありませんか。私はこの事に気附いた時、世の中というものの恐ろしさに戦慄するよりも、そういう罪悪の余地を残して置いて呉れた造物主の余裕を此上もなく愉快に思いました。ほんとうに私はこの発見に狂喜しました。何とすばらしいではありませんか。この方法によりさえすれば、大正の聖代にこの私丈けは、謂わば斬捨て御免も同様なのです。

そこで私はこの種の人殺しによって、あの死に相な退屈をまぎらすことを思いつきました。絶対に法律に触れない人殺し、どんなシャーロック・ホームズだって見破ることの出来ない人殺し、ああ何という申分のない眠け醒しでしょう。以来私は三年の間というもの、人を殺す楽しみに耽って、いつの間にかさしもの退屈をすっかり忘れはてていました。皆さん笑ってはいけません。私は戦国時代の豪傑の様に、あの百人斬りを、無論文字通り斬る訳ではありませんけれど、百人の命をとるまでは決して中途でこの殺人を止めないことを、私自身に誓ったのです。

今から三月ばかり前です、私は丁度九十九人だけ済ませました。そして、あと一人になった時先にも申上げました通り私はその人殺しにも、もう飽きあきしてしまったのですが、それは兎も角、ではその九十九人をどんな風にして殺したか。勿論九十九人のどの人にも少しだって恨みがあった訳ではなく、ただ人知れぬ方法とその結果に興味を持ってやった仕事ですから、私は一度も同じやり方を繰返す様なことはしませんでした。一人殺したあとでは、今度はどんな新工夫でやっつけようかと、それを考えるのが又一つの楽しみだったのです。

併し、この席で、私のやった九十九の異った殺人法を悉く御話する暇もありませんし、それに、今夜私がここへ参りましたのは、そんな個々の殺人方法を告白する為ではなくて、そうした極悪非道の罪悪を犯してまで、退屈を免れ様とした、そして又、遂にはその罪悪にすら飽きはてて、今度はこの私自身を亡ぼそうとしている、世の常ならぬ私の心持をお話して皆さんの御判断を仰ぎたい為なのですから、その殺人方以については、ほんの二三の実例を申上げるに止めて置き度いと存じます。

この方法を発見して間もなくのことでしたが、こんなこともありました。私の近所に一人の按摩(あんま)がいまして、それが不具などによくあるひどい強情者でした。他人が深切(しんせつ)から色々注意などしてやりますと、却ってそれを逆にとって、目が見えないと思って人を馬鹿にするなそれ位のことはちゃんと俺にだって分っているわいという調子で、必ず相手の言葉にさからったことをやるのです。どうして並み並みの強情さではないのです。

ある日のことでした。私がある大通りを歩いていますと、向うからその強情者の按摩がやって来るのに出逢いました。彼は生意気にも、杖(つえ)を肩に担いで鼻唄を歌いながらヒョッコリヒョッコリと歩いていきます。丁度その町には昨日から下水の工事が始まっていて、往来の片側には深い穴が掘ってありましたが、彼は盲人のことで片側往来止めの立札など見えませんから、何の気もつかず、その穴のすぐ側を呑気そうに歩いているのです。

それを見ますと、私はふと一つの妙案を思いつきました。そこで、

「やあN君」と按摩の名を呼びかけ、(よく療治を頼んでお互に知り合っていたのです)

「ソラ危いぞ、左へ寄った、左へ寄った」

と怒鳴りました。それを態(わざ)と少し冗談らしい調子でやったのです。というのは、こういえば、彼は日

頃の性質から、きっとからかわれたのだと邪推して、左へはよらないで態と右へ寄るに相違ないと考えたからです。案(あん)の定(じょう)彼は、

「エヘヘヘ……。御冗談ばっかり」

などと声色(こわいろ)めいた口返答をしながら、矢庭(やにわ)に反対の右の方へ二足三足寄ったものですから、忽ち下水工事の穴の中へ片足を踏み込んで、アッという間に一丈もあるその底へと落ち込んで了いました。私はさも驚いた風を装うて穴の縁へ駈けより、

「うまく行ったかしら」と覗いて見ましたが彼はうち所でも悪かったのか、穴の底にぐったりと横(よこた)わって、穴のまわりに突出ている鋭い石でついたのでしょう。一分刈りの頭に、赤黒い血がタラタラと流れているのです。それから、舌でも嚙切ったと見えて、口や鼻からも同じ様に出血しています。顔色はもう蒼白で、唸り声を出す元気さえありません。

こうして、この按摩は、でもそれから一週間ばかりは虫の息で生きていましたが、遂に絶命して了ったのです。私の計画は見事に成功しました。誰が私を疑いましょう。私はこの按摩を日頃贔屓(ひいき)にしてよく呼んでいた位で、決して殺人の動機になる様な恨みがあった訳ではなく、それに、表面上は右に陥穽(おとしあな)のあるのを避けさせようとして、「左へよれ、左へよれ」と教えてやった訳なのですから、私の好意を認める人はあっても、その親切らしい言葉の裏に恐るべき殺意がこめられていたと想像する人があろう筈はないのです。

ああ、何という恐しくも楽しい遊戯だったのでしょう。巧妙なトリックを考え出した時の、恐らく芸術家のそれにも匹敵する、歓喜、そのトリックを実行する時のワクワクした緊張、そして、目的を果し

た時の云い知れぬ満足、それに又、私の犠牲になった男や女が、殺人者が目の前にいるとも知らず血みどろになって狂い廻る断末魔(だんまつま)の光景(ありさま)、最初の間、それらが、どんなにまあ私を有頂天にして呉れたことでしょう。

ある時はこんな事もありました。それは夏のどんよりと曇った日のことでしたが、私はある郊外の文化村とでもいうのでしょう。十軒余りの西洋館がまばらに立並んだ所を歩いていました。そして、丁度その中でも一番立派なコンクリート造りの西洋館の裏手を通りかかった時です。ふと妙なものが私の目に止りました。といいますのは、その時私の鼻先をかすめて勢よく飛んで行った一匹の雀が、その家の屋根から地面へ引張ってあった太い針金に一寸とまると、いきなりはね返された様に下へ落ちて来て、そのまま死んで了ったのです。

変なこともあるものだと思ってよく見ますと、その針金というのは、西洋館の尖った屋根の頂上に立っている避雷針(ひらいしん)から出ていることが分りました。無論針金には被覆が施されていましたけれど、今雀のとまった部分は、どうしたことかそれがはがれていたのです。私は電気のことはよく知らないのですが、どうかして空中電気の作用とかで、避雷針の針金に強い電流が流れることがあると、どこかで聞いたのを覚えていて、さてはそれだなと気附きました。こんな事に出くわしたのは初めてだったものですから、珍らしいことに思って、私は暫らくそこに立止ってその針金を眺めていたものです。

すると、そこへ、西洋館の横手から、兵隊ごっこかなにかして遊んでいるらしい子供の一団が、ガヤガヤ云いながら出て来ましたが、その中の六ツか七つの小さな男の子が、外(ほか)の子供達はさっさと向うへ行って了ったのに、一人あとに残って、何をするのかと見ていますと、今の避雷針の針金の手前の小高くなった所に立って、前をまくると、立小便を始めました。それを見た私は、又もや一つの妙計を思いつきました。私は中学時代に水が電気の導体だということを習ったことがあります。今子供が立っている小高い所から、その針金の被覆のとれた部分へ小便をしかけるのは訳のないことです。小便は水ですからやっぱり導体に相違ありません。

そこで私はその子供にこう声をかけました。

「おい坊っちゃん。その針金へ小便をかけて御覧。とどくかい」

すると子供は、

「なあに訳ないや、見てて御覧」

そういったかと思うと、姿勢を換えて、いきなり針金の地の現れた部分を目がけて小便をしかけました。そして、それが針金に届くか届かないに、恐ろしいものではありませんか、子供はピョンと一つ踊る様に跳上ったかと思うと、そこへバッタリ倒れて了いました。あとで聞けば、避雷針にこんな強い電流が流れるのは非常に珍らしいことなのだ相ですが、か様にして、私は生れて始めて、人間の感電して死ぬ所を見た訳です。

この場合も無論、私は少しだって疑いを受ける心配はありませんでした。ただ子供の死骸に取縋って泣入っている母親に鄭重な悔みの言葉を残して、その場を立去りさえすればよいのでした。

これもある夏のことでした。私はこの男を一つ犠牲にしてやろうと目ざしていたある友人、と云っても決してその男に恨みがあった訳ではなく、長年の間無二の親友としてつき合っていた程の友達なのですが、私には却って、そういう仲のいい友達などを、何にも云わないで、ニコニコしながら、アッという間に死骸にして見たいという異常な望みがあったのです。その友達と一緒に、房州のごく辺鄙なある漁師町へ避暑に出かけたことがあります。無論海水浴場という程の場所ではなく、海にはその部落の赤銅色(しゃくどういろ)の肌をした小わっぱ達がバチャバチャやっている丈(だけ)で、都会からの客といっては私達二人の外には画学生らしい連中が数人、それも海へ入るというよりは其辺の海岸をスケッチブック片手に歩き廻っているに過(す)ぎませんでした。

名の売れている海水浴場の様に、都会の少女達の優美な肉体が見られる訳ではなく、宿といっても東京の木賃宿(きちんやど)見たいなもので、それに食物もさしみの外のものはまずくて口に合わず、随分淋しい不便な所ではありましたが、その私の友達というのが、私とはまるで違って、そうした鄙(ひな)びた場所で孤独な生活を味(あじわ)うのが好きな方でしたのと、私は私で、どうかしてこの男をやっつける機会を掴もうとあせっていた際だったものですから、そんな漁師町に数日の間も落ちついていることが出来たのです。

ある日、私はその友達を、海岸の部落から、大分隔った所にある、一寸断崖見たいになった場所へ連れ出しました。そして「飛込みをやるのには持って来いの場所だ」などと云いながら、私は先に立って着物を脱いだものです。友達もいくらか水泳の心得があったものですから「なる程これはいい」と私にならって着物をぬぎました。

そこで、私はその断崖のはしに立って、両手を真直ぐに頭の上に伸ばし「一、二、三」と思切りの声で怒鳴って置いて、ピョンと飛び上ると、見事な弧を描いて、さかしまに前の海面へと飛込みました。

パチャンと身体が水についた時に、胸と腹の呼吸でスイと水を切って、僅(わず)か二三尺潜(もぐ)る丈けで、飛魚の様に向うの水面へ身体を現すのが「飛込み」の骨(こつ)なんですが、私は小さい時分から水泳が上手で、この「飛込み」なんかも朝飯前の仕事だったのです。そうして、岸から十四五間も離れた水面へ首を出した私は、立泳ぎという奴をやりながら、片手でブルッと顔の水をはらって、

「オーイ、飛込んで見ろ」

と友達に呼びかけました。すると、友達は無論何の気もつかないで、

「よし」と云いながら、私と同じ姿勢をとり、勢よく私のあとを追ってそこへ飛込みました。

ところが、しぶきを立てて海へ潜ったまま、彼は暫くたっても再び姿を見せないではありませんか……。私はそれを予期していました。その海の底には、水面から一間位の所に大きな岩があったのです。私は前持ってそれを探って置き、友達の腕前では「飛込み」をやれば必ず一間以上潜るにきまっている、随ってこの岩に頭をぶつけるに相違ないと見込みをつけてやった仕事なのです。御承知でもありましょうが、「飛込み」の技は上手なもの程、この水を潜る度が少いので、私はそれには十分熟練していたものですから、海底の岩にぶつかる前にうまく向うへ浮上って了ったのですが、友達は「飛込み」にかけてはまだほんの素人だったので、真逆様に海底へ突入って、いやという程頭を岩へぶつけたに相違ないのです。

案の定、暫く待っていますと、彼はポッカリと鮪(まぐろ)の死骸の様に海面に浮上りました。そして波のまにまに漂っています。云うまでもなく彼は気絶しているのです。

私は彼を抱いて岸に泳ぎつき、そのまま部落へ駈け戻って、宿の者に急をつげました。そこで出漁を休んでいた漁師などがやって来て友達を介抱して呉れましたが、ひどく脳を打った為でしょう。もう蘇生(そせい)の見込みはありませんでした。見ると、頭のてっぺんが五六寸切れて、白い肉がむくれ上っている。

その頭の置かれてあった地面には、夥しい血潮が赤黒く固っていました。

あとにも先にも、私が警察の取調を受けたのはたった二度きりですが、その一つがこの場合でした。何分人の見ていない所で起った事件ですから、一応の取調べを受けるのは当然です。併し、私とその友達とは親友の間柄でそれまでにいさかい一つした事もないと分っているのですし、又当時の事情としては、私も彼もその海底に岩のあることを知らず、幸い私は水泳が上手だった為に危い所をのがれたけれども、彼はそれが下手だったばっかりにこの不祥事を惹起したのだということが明白になったものですから、難なく疑は晴れ、私は却って警察の人達から「友達をなくされてお気の毒です」と悔みの言葉まで かけて貰う有様でした。

いや、こんな風に一つ一つ実例を並べていたんでは際限がありません。もうこれ丈け申上げれば、皆さんも私の所謂絶対に法律にふれない殺人法を、大体御分り下すったことと思います。凡てこの調子なんです。ある時はサーカスの見物人の中に混っていて、突然、ここで御話するのは恥しい様な途方もない変てこな姿勢を示して、高い所で綱渡をしていた女芸人の注意を奪い、その女を墜落させて見たり、火事場で、我子を求めて半狂乱の様になっていたどこかの細君に、子供は家の中に寝かせてあるのだ「ソラ泣いている声が聞えるでしょう」などと暗示を与えて、その細君を猛火の中へ飛込ませ、つい焼殺して了ったり、或は又、今や身投げをしようとしている娘の背後から、突然「待った」と頓狂な声をかけて、そうでなければ、身投げを思いとまったかも知れない其娘を、ハッとさせた拍子に水の中へ飛込ませて了ったり、それはお話すれば限りもないのですけれど、もう大分夜も更けたことですし、それに、皆さんもこの様な残酷な話はもうこれ以上御聞きになりたくないでしょうから、最後に少し風変りなのを一つ丈け申上げてよすことに致しましょう。

今まで御話しました所では、私はいつも一度に一人の人間を殺している様に見えますが、そうでない場合も度々あったのです。でなければ、三年足らずの年月の間に、しかも少しも法律にふれない様な方法で、九十九人もの人を殺すことは出来ません。その中でも最も多人数を一度に殺しましたのは、そうです、昨年の春のことでした。皆さんも当時の新聞記事できっと御読みのことと思いますが、中央線の列車が顚覆して多くの負傷者や死者を出したことがありますね、あれなんです。

なに馬鹿馬鹿しい程雑作もない方法だったのですが、それを実行する土地を探すのには可也手間どりました。ただ最初から中央線の沿線ということ丈けは見当をつけていました。というのは、この線は、私の計画には最も便利な山路を通っているばかりでなく、列車が顚覆した場合にも、中央線には日頃から事故が多いのですから、ああ又かという位で他の線程目立たない利益があったのです。

それにしても、註文通りの場所を見つけるのには仲々骨が折れました。結局Ｍ駅の近くの崖を使うことに決心するまでには、十分一週間はかかりました。Ｍ駅には一寸した温泉場がありますので、私はそこのある宿へ泊り込んで、毎日毎日湯に入ったり散歩をしたり、如何にも長逗留の湯治客らしく見せかけようとしたのです。その為に又十日余り無駄に過さねばなりませんでしたが、やがてもう大丈夫だという時を見計らって、ある日私はいつもの様にその辺の山路を散歩しました。

そして、宿から半里程のある小高い崖の頂上へ辿りつき、私はそこでじっと夕闇の迫って来るのを待っていました。その崖の真下には汽車の線路がカーブを描いて走っている、線路の向う側はこちらとは反対に深いけわしい谷になって、その底に一寸した谷川が流れているのが、霞む程遠くに見えています。

暫くすると、予め定めて置いた時間になりました。私は、誰れも見ているものはなかったのですけれど、態々一寸つまずく様な恰好をして、これも予め探し出して置いた一つの大きな石塊を蹴飛しました。それは一寸蹴りさえすればきっと崖から丁度線路の上あたりへころがり落ちる様な位置にあったのです。私は若しやりそこなえば幾度でも他の石塊でやり直すつもりだったのですが、見ればその石塊はうまい工合に一本のレールの上にのっかっています。

半時間の後には下り列車がそのレールを通るのです。その時分にはもう真暗になっているでしょうし、その石のある場所はカーブの向側なのですから、運転手が気附く筈はありません。それを見定めると、私は大急ぎで、M駅へと引返し（半里の山路ですからそれには十分三十分以上を費しました）そこの駅長室へ這入って行って「大変です」とさも慌てた調子で叫んだものです。

「私はここへ湯治に来ているものですが、今半里計り向うの、線路に沿った崖の上へ散歩に行っていて、坂になった所を駈けおりようとする拍子にふと一つの、石塊を崖から下の線路の上へ蹴落して了いました。若しあそこを列車が通ればきっと脱線します。悪くすると谷間へ落ちる様なことがないとも限りません。私はその石をとりのけ様と色々道を探したのですけれど、何分不案内の山のことですから、どうにもあの高い崖を下る方法がないのです。で、ぐずぐずしているよりはと思って、ここへ駈けつけた次第ですが、どうでしょう。至急あれを、取りのけて頂く訳には行きませんでしょうか」

と如何にも心配そうな顔をして申しました。すると駅長は驚いて、

「それは大変だ、今下り列車が通過した処です。普通ならあの辺はもう通り過ぎて了った頃ですが……」

というのです。それが私の思う壺でした。そうした問答を繰り返している内に、列車顛覆死傷数知らずという報告が、僅かに危地を脱して駈けつけた、その下り列車の車掌によって齎(もた)らされました。さあ大騒ぎです。

　私は行がかり上一晩Mの警察署へ引ぱられましたが、考えに考えてやった仕事です。手落ちのあろう筈はありません。無論私は大変叱られはしましたけれど、別に処罰を受ける程のこともないのでした。あとで聞きますと、その時の私の行為は刑法第百二十九条とかにさえ、それは五百円以下の罰金刑に過ぎないのですが、あてはまらなかったのだそうです。そういう訳で、私は一つの石塊によって、少しも罰せられることなしに、エーとあれは、そうです、十七人でした。十七人の命を奪うことに成功したのでした。

　皆さん。私はこんな風にして九十九人の人命を奪った男なのです。そして、少しでも悔ゆる所か、そんな血腥い刺戟にすら、もう飽きあきして了って、今度は自分自身の命を犠牲にしようとしている男なのです。皆さんは、余りにも残酷な私の所行(しょぎょう)に、それその様に眉をしかめていらっしゃいます。そうです。これらは普通の人には想像もつかぬ極悪非道の行いに相違ありません。ですが、そういう大罪悪を犯してまで免(のが)れ度い程の、ひどいひどい退屈を感じなければならなかったこの私の心持も、少しはお察しが願い度いのです、私という男は、そんな悪事をでも企らむ他には、何一つ此人生に生甲斐を発見することが出来なかったのです。皆さんどうか御判断なすって下さい。私は狂人なのでしょうか。あの殺人狂とでもいうものなのでしょうか。

斯様にして今夜の話手の、物凄くも奇怪極まる身の上話は終った。彼は幾分血走った、そして白眼勝ちにドロンとした狂人らしい目で、私達聴者の顔を一人一人見廻すのだった。併し誰一人之れに答えて批判の口を開くものもなかった。そこには、ただ薄気味悪くチロチロと瞬く蠟燭の焔に照らし出された、七人の上気した顔が、微動さえしないで並んでいた。

ふと、ドアのあたりの垂絹の表に、チカリと光ったものがあった。見ていると、その銀色に光ったものが、段々大きくなっていた。それは銀色の丸いもので、丁度満月が密雲を破って現れる様に、赤い垂絹の間から、徐々に全き円形を作りながら現われているのであった。私は最初の瞬間から、それが給仕女の両手に捧げられた、我々の飲物を運ぶ大きな銀盆であることを知っていた。でも、不思議にも万象を夢幻化しないでは置かぬこの「赤い部屋」の空気は、その世の常の銀盆を、何かサロメ劇の古井戸の中から奴隷がヌッとつき出す所の、あの予言者の生首の載せられた銀盆の様にも幻想せしめるのであった。そして、銀盆が垂絹から出切って了うと、その後から、青竜刀の様な幅の広い、ギラギラしたダンビラが、ニョイと出て来るのではないかとさえ思われるのであった。

だが、そこからは、唇の厚い半裸体の奴隷の代りに、いつもの美しい給仕女が現れた。そして、彼女がさも快活に七人の男の間を立廻って、飲物を配り始めると、その、世間とはまるでかけ離れた幻の部屋に、世間の風が吹き込んで来た様で、何となく不調和な気がし出した。彼女は、この家の階下のレストランの、華やかな歌舞と乱酔とキャアという様な若い女のしだらない悲鳴などを、フワフワとその身辺に漂わせていた。

「そうら、射つよ」

突然Tが、今までの話声と少しも違わない落着いた調子で云った。そして、右手を懐中へ入れると、一つのキラキラ光る物体を取出して、ヌーッと給仕女の方へさし向けた。

アッという私達の声と、バン……というピストルの音と、キャッとたまぎる女の叫びと、それが殆ど同時だった。

無論私達は一斉に席から立上った。併しああ何という仕合せなことであったか、射たれた女は何事もなく、ただこれのみは無慚にも射ちくだかれた飲物の器を前にして、ボンヤリと立っているではないか。

「ワハハハハ……」T氏が狂人の様に笑い出した。

「おもちゃだよ、おもちゃだよ。アハハハ……。花ちゃんまんまと一杯食ったね。ハハハ……」

では、今なおT氏の右手に白煙をはいているあのピストルは、玩具に過ぎなかったのか。

「まあ、びっくりした……。それ、おもちゃなの？」Tとは以前からお馴染らしい給仕女は、でもまだ脣の色はなかったが、そういいながらT氏の方へ近づいた。

「どれ、貸して御覧なさいよ。まあ、ほんものそっくりだわね」

彼女は、てれかくしの様に、その玩具だという六連発を手にとって、と見こうみしていたが、やがて、

「くやしいから、じゃ、あたしも射ってあげるわ」

いうかと思うと、彼女は左腕を曲げて、その上にピストルの筒口を置き、生意気な恰好でT氏の胸に狙いを定めた。

「君に射てるなら、射ってごらん」T氏はニヤニヤ笑いながら、からかう様に云った。

「うてなくってさ」

バン……前よりは一層鋭い銃声が部屋中に鳴り響いた。

「ウウウ……」何とも云えぬ気味の悪い唸声がしたかと思うと、T氏がヌッと椅子から立上って、バッタリと床の上へ倒れた。そして、手足をバタバタやりながら、苦悶し始めた。

冗談か、冗談にしては余りにも真に迫ったもがき様ではないか。

私達は思わず彼のまわりへ走りよった。隣席にいた一人が、卓上の燭台をとって苦悶者の上にさしつけた。見ると、T氏は蒼白な顔を痙攣させて、丁度傷ついた蚯蚓が、クネクネはね廻る様な工合に、身体中の筋肉を伸ばしたり縮めたりしながら、夢中になってもがいていた。そしてだらしなくはだかったその胸の、黒く見える傷口からは彼が動く度に、タラリタラリとまっ紅な血が、白い皮膚を伝って流れていた。

玩具と見せた六連発の第二発目には実弾が装塡してあったのだ。

私達は、長い間、ボンヤリそこに立ったまま、誰一人身動きするものもなかった。奇怪な物語りの後のこの出来事は、私達に余りにも烈しい衝動を与えたのだ。それは時計の目盛から云えば、ほんの僅かな時間だったかも知れない。けれども、少くともその時の私には、私達がそうして何もしないで立っている間が、非常に長い様に思われた。なぜならば、その咄嗟の場合に、苦悶している負傷者を前にして、私の頭には次の様な推理の働く余裕が十分あったのだから。

「意外な出来事に相違ない。併し、よく考えて見ると、これは最初からちゃんと、Tの今夜のプログラムに書いてあった事柄なのではあるまいか。彼は九十九人までは他人を殺したけれど、最後の百人目だけは自分自身の為に残して置いたのではないだろうか。そして、そういうことには最もふさわしいこの

『赤い部屋』を、最後の死に場所に選んだのではあるまいか、これは、この男の奇怪極る性質を考え合せると、まんざら見当はずれの想像でもないのだ。そうだ。あの、ピストルを玩具だと信じさせて置いて、給仕女に発砲させた技巧などは、他の殺人の場合と共通の、彼独特のやり方ではないか。こうして置けば、下手人の給仕女は少しも罰せられる心配はない。そこには私達六人もの証人があるのだ、つまり、Tは彼が他人に対してやったと同じ方法を、加害者は少しも罪にならぬ方法を、彼自身に応用したものではないか」

私の外の人達も、皆夫々(それぞれ)の感慨に耽っている様に見えた。そして、それは恐らく私のものと同じだったかも知れない。実際、この場合、そうとより他には考え方がないのだから。

恐ろしい沈黙が一座を支配していた。そこには、うっぷした給仕女の、さも悲しげにすすり泣く声が、しめやかに聞えているばかりだった。「赤い部屋」の蠟燭の光に照らし出された、この一場の悲劇の場面は、この世の出来事としては余りにも夢幻的に見えた。

「ククククク……」

突如、女のすすり泣の外に、もう一つの異様な声が聞えて来た。それは、最早や藻掻(もが)くことを止めて、ぐったりと死人の様に横わっていた、T氏の口から洩(も)れるらしく感じられた。氷の様な戦慄が私の背中を這い上った。

「クックックックッ……」

その声は見る見る大きくなって行った。そして、ハッと思う間に、瀕死(ひんし)のT氏の身体(からだ)がヒョロヒョロと立上った。立上ってもまだ「クックックックッ」という変な声はやまなかった。それは胸の底からしぼり出される苦痛の唸り声の様でもあった。だが……、若しや……オオ、矢張りそうだったのか、彼は意外にも、さい前から耐らないおかしさをじっと嚙み殺していたのだった。「皆さん」彼はもう大声に笑い出しながら叫んだ。「皆さん。分りましたか、これが」

　すると、ああ、これは又どうしたことであろう。今の今まであの様に泣入っていた給仕女が、いきなり快活に立上ったかと思うと、もうもう耐らないという様に、身体をくの字にして、これも亦笑いこけるのだった。

「これはね」やがてT氏は、あっけにとられた私達の前に、一つの小さな円筒形のものを、掌にのせてさし出しながら説明した。「牛の膀胱で作った弾丸なのですよ。中に赤インキが一杯入れてあって、命中すれば、それが流れ出す仕掛けです。それからね。この弾丸が偽物だったと同じ様に、さっきからの私の身の上話というものはね、始めから了いまで、みんな作りごとなんですよ。でも、私はこれで、仲々お芝居はうまいものでしょう……。さて、退屈屋の皆さん。こんなことでは、皆さんが始終お求めなすっている、あの刺戟とやらにはなりませんでしょうかしら……」

　彼がこう種明しをしている間に、今まで彼の助手を勤めた給仕女の気転で階下のスイッチがひねられたのであろう、突如真昼の様な電燈の光が、私達の目を眩惑させた。そして、その白く明るい光線は、忽ちにして、部屋の中に漂っていた、あの夢幻的な空気を一掃してしまった。そこには、曝露された手品の種が、醜いむくろを曝していた。緋色の垂絹にしろ、緋色の絨氈にしろ、同じ卓子掛けや肘掛椅子、はては、あのよしありげな銀の燭台までが、何とみすぼらしく見えたことよ。「赤い部屋」の中には、どこの隅を探して見ても、最早や、夢も幻も、影さえ止めていないのだった。

夢遊病者の死

彦太郎が勤め先の木綿問屋をしくじって、父親の所へ帰って来てからもう三ヶ月にもなった。旧藩主M伯爵邸の小使みたいなことを勤めてかつかつ其日を送っている、五十を越した父親の厄介になっているのは、彼にしても決して快いことではなかった。どうかして勤め口を見つけ様と、人にも頼み自分でも奔走しているのだけれど、折柄の不景気で、学歴もなく、手にこれという職があるでもない彼の様な男を、傭って呉れる店はなかった。尤も住み込みなればという口が一軒、あるにはあったのだけれど、それは彼の方から断った。というのは、彼にはどうしても再び住み込みの勤めが出来ない訳があったからである。

彦太郎には、幼い時分から寝惚ける癖があった。ハッキリした声で寝言を云って、側にいるものが寝言と知らずに返事をすると、それを受けて又喋る。そうしていつまでも問答を繰返すのだが、さて、朝になって目が覚めて見ると少しもそれを記憶していないのだ。余りいうことがハッキリしているので、気味が悪い様だと、近所の評判になっていた位である。それが、小学校を出て奉公をする様になった当時は、一時止んでいたのだけれど、どうしたものか二十歳を越してから又再発して、困ったことには、見る見る病勢が募って行くのであった。

夜半にムクムクと起上って、その辺を歩き廻る。そんなことはまだお手軽な方だった。ひどい時には、夢中で表の締りを――それが住み込みで勤めていた木綿問屋のである――その締りを開けて、一町内をぐるっと廻って来て、又戸締りをして寝て了ったことさえあるのだ。

だが、そんな風のこと丈けなら、気味の悪い奴だ位で済みもしようけれど、最後には、その夢中でさ迷い歩いている間に、他人の品物を持って来る様なことが起った。つまり知らず知らずの泥坊なのである。しかも、それが二度三度と繰返されたものだから、いくら夢中の仕草（しぐさ）だとはいえ、泥坊を傭って置く訳には行かぬというので、もうあと三年で、年期を勤め上げ、暖簾（のれん）を分けて貰（もら）えようという惜しい所で、とうとうその木綿問屋をお払箱（はらいばこ）になって了ったのである。

最初、自分が夢遊病者だと分った時、彼はどれ程驚いたことであろう。乏しい小遣銭（こづかいせん）をはたいて、医者にもみて貰った。色々の医学の書物を買込んで、自己療法もやって見た。或（あるい）は神仏を念じて、大好物の餅（もち）を断（た）って病気平癒（へいゆ）の祈願をさえした。だが、彼のいまわしい悪癖はどうしても治らぬ。いや治らぬどころではない、日にまし重くなって行くのだ。そして、遂には、あの思出してもゾッとする夢中の犯罪、あああ、俺（おれ）は何という因果な男だろう。彼はただもう、身の不幸を歎（なげ）く外（ほか）はないのである。

今までの所では幸（さいわい）に、法律上の罪人となることだけは免（まぬが）れて来た。だが、この先どんなことで、もっとひどい罪を犯すまいものでもない。いや、ひょっとしたら、夢中で人を殺す様なことさえ、起らないとは限らぬのだ。

本を見ても、人に聞いても、夢遊病者の殺人というのは間々（まま）ある事らしい。まだ木綿問屋にいた頃、飯炊（めした）きの爺（じい）さんが、若い時分在所（ざいしょ）にあった事実談だといって、気味の悪い話をしたのを、彼はよく覚えている。それは、村でも評判の貞女（ていじょ）だったある女が、寝惚けて、野らで使う草刈鎌（くさかりがま）をふるってその亭主を殺して了ったというのである。

それを考えると、彼はもう夜というものが怖くて仕様がないのだ。そして、普通の人には一日の疲れを休める安息の床（とこ）が、彼丈（だけ）には、まるで地獄の様にも思われるのだ。尤も家へ帰ってからは、一寸発作（ちょっと）がやんでいる様だけれど、そんなことで決して安心は出来ないのだ。そこで、彼は、住み込みの勤めなど、どうしてどうして二度とやる気はしないのである。

ところが、彼の父親にして見ると、折角(せっかく)勤め口が見つかったのを、何の理由もなく断って了う彼のやり方を、甚(はなは)だ心得難(こころえがた)く思うのである。というのは、父親はまだ、大きくなってから再発した彼の病気について、何も知らないからで、息子がどういう過失(あやまち)で木綿問屋をやめさせられたか、それさえ実はハッキリしない位なのだ。

ある日、一台の車がM伯爵の門長屋へ這入(はい)って来て、三畳と四畳半二間切りの狭苦しい父親の住居(すまい)の前に梶棒(かじぼう)を卸(おろ)した。その車の上から息子の彦太郎が妙にニヤニヤ笑いながら行李(こうり)を下げて降りて来たのである。父親は驚いて、どうしたのだと聞くと、彼はただフフンと鼻の先で笑って見せて、少し面目(めんぼく)ないことがあったものだからと答えたばかりだった。

其(その)翌日、木綿問屋の主人から一片の書状が届いて、そこには、今度都合により一時御子息を引取って貰うことにした。が、決して御子息に落度があった訳ではないからという様な、こうした場合の極(きま)り切った文句が記されていた。

そこで、父親は、これはてっきり、彼が茶屋酒(ちゃやざけ)でも飲み覚えて、店の金を使い込みでもしたのだろうと早合点(はやがってん)をして了ったのである。そして、暇さえあれば彼を前に坐らせて、この柔弱者奴(にゅうじゃくものめ)がという様な、昔気質(むかしかたぎ)な調子で意見を加えるのだった。

彦太郎が、最初帰って来た時に、実はこうこうだと云って了えば訳もなく済んだのであろうが、それを云いそびれて了った所へ、父親に変な誤解をされてお談義まで聞かされては、彼の癖として、もうどんなことがあっても真実を打開ける気がしないのであった。

彼の母親は三年あとになくなり、他に兄弟とてもない、ほんとうに親一人子一人の間柄であったが、そういう間柄であればある程、あの妙な肉親憎悪とでもいう様な感情の為に、お互に何となく隔意を感じ合っていた。彼が依怙地に病気のことを隠していたのも、一つはこういう感情に妨げられたからであった。尤も一方では、二十三歳の彼には、それを打開けるのが此上もなく気恥しかったからでもあるけれど。そこへ持って来て、彼が折角の勤め口を断って了ったものだから、父親の方では益々立腹する。それが彦太郎にも反映して、彼の方でも妙にいらいらして来る。という訳で、近頃ではお互に口を利けば、すぐにもう喧嘩腰になり、そうでなければ、何時間でも黙って睨み合っているという有様であった。今日も亦それである。

二三日雨が降り続いたので、彦太郎は、日課の様にしていた散歩にも出られず、近所の貸本屋から借りて来た講談本も読み尽して了い、どうにも身の置き所もない様な気持になって、ボンヤリと父親の小さな机の前に坐っていた。

四畳半と三畳の狭い家が、畳から壁から天井から、どこからどこまでジメジメと湿って、すぐに父親を聯想する様な一種の臭気がむっと鼻を突く。それに、八月のさ中のことで、雨が降ってはいても耐らなく蒸し暑いのである。

「エッ、死んじまえ、死んじまえ、死んじまえ……」

彼はそこにあった、鉛の屑を叩き固めた様な重い不恰好な文鎮で、机の上を滅多無性に叩きつけながら、やけくその様にそんなことを怒鳴ったりした。そうかと思うと又、長い間黙りこくって考え込んでいることもあった。そんな時、彼はきっと十万円の夢を見ているのである。

「ああ、十万円ほしいな。そうすれば働かなくってもいいのだ。利子で十分生活が出来るのだ、俺の病気だって、いい医者にかかって、金をうんとかけたら、治らないものでもないのだ。親父にしてもそうだ。あの年になって、みじめな労働をすることはいらないのだ。それもこれも、みんな金だ、金だ。十万円ありさえすればいいのだ。こうっと、十万円だから、銀行の利子が六分として、年に六千円、月に五百円か、すてきだな……」

すると彼の頭に、いつか木綿問屋の番頭さんに連れられて行ったお茶屋の光景が浮ぶのである。そして、その時彼の側に坐った眉の濃い一人の芸妓の姿や、その声音や、いろいろの艶しい仕草が、浮ぶのである。

「ところで、何んだっけ。ああそうそう十万円だな。だが一体全体そんな金がどこにあるのだ。エッくそ、死んじまえ、死んじまえ、死んじまえ……」

そして、又してもゴツンゴツンと、文鎮で机の上を殴るのである。

彼がそんなことを繰返している所へ、いつの間にか電燈がついて、父親が帰って来た。

「今帰ったよ。やれやれよく降ることだ」

近頃では、その声を聞くと彼はゾーッと寒気を感じるのだ。

父親は雨で汚れた靴の始末をして了うと、やれやれという恰好で四畳半の貧弱な長火鉢の前に坐って、濡れた紺の詰襟の上衣を脱いで、クレップシャツ一枚になり、ズボンのポケットから取出した、真鍮のなたまめ煙管で、まず一服するのであった。

「彦太郎、何か煮て置いたかい」

彼は父親から炊事係を命ぜられていたのだけれど、殆(ほとん)どそれを実行しないのだった。朝などでも、父親がブツブツ云いながら、自分で釜の下を焚(た)きつける日が多かった。今日とても、無論(むろん)何の用意もしてないのである。

「オイ、なぜ黙っとるんだ。オヤオヤ湯も沸いていないじゃないか。身体(からだ)を拭くことも出来やしない」

何といって見ても、彦太郎が黙っていて答えないので、父親は仕方なく、よっこらしょと立上って、勝手許(もと)へ下りて、ゴソゴソと夕餉(ゆうげ)の支度(したく)にとりかかるのであった。

その気配を感じながら、じっと机の前の壁を見つめている彦太郎の胸の中(なか)は、憎しみとも悲しみとも、何とも形容の出来ない感情の為に、煮え返るのである。天気のよい日なれば、こういう時には、何も云わずにプイと外へ出て、その辺を足にまかせて歩き廻るのだけれど、今日はそれも出来ないので、いつまでもいつまでも、雨もりで汚れた壁と睨めっくらをしている外(ほか)はない。

やがて、鮭の焼いたので貧しい膳立(ぜんだ)てをした父親が、それ丈けが楽しみの晩酌(ばんしゃく)にと取りかかるのである。そして、一本の徳利(とくり)を半分もあけた頃になると、ボツボツと元気が出て、さて、お極(きま)りのお談義が始まるのだ。

「彦太郎、一寸ここへお出(い)で、……どういう訳で、お前は俺のいうことに返事が出来ないのだ。ここへ来いといったら来るがいいじゃないか」

そこで、彼は仕方なく机の前に坐ったまま、向き丈けを換えて、始めて父親の方を見るのだが、そこには、頭の禿(はげ)と、顔の皺(しわ)とを除くと、彼自身とそっくりの顔が、酒の為に赤くなって、ドロンとした目を見はっているのである。

「お前は毎日そうしてゴロゴロしていて、一体恥しくないのか……」と、それから長々とよその息子の例話などがあって、さて「俺はな、お前に養って呉れとは云わない。ただ、この老耄の脛噛りをして、ゴロゴロしていることだけは、頼むから止めてくれ、どうだ分ったか。分ったのか分らないのか」

「分ってますよ」すると彦太郎がひどい剣幕で答えるのだ。「だから、一生懸命就職口を探しているのです。探してもなければ仕方がないじゃありませんか」

「ないことはあるまい。此間××さんが話して下すった口を、お前はなぜ断って了ったのだい。俺にはどうもお前のやることはさっぱり分らない」

「あれは住み込みだから、厭だと云ったじゃありませんか」

「住み込みが何故いけないのだ。通勤だって住み込みだって、別に変りはない筈だ」

「………」

「そんな贅沢がいえた義理だと思うか。先のお店をしくじったのは何が為だ。みんなその我儘からだぞ。お前は自分ではなかなか一人前の積りかも知れないが、どうして、まだまだ何も分りゃしないのだ。人様が勧めて下さる所へハイハイと云って行けばいいのだ」

「そんなことを云ったって、もう断って了ったものを、今更仕様がないじゃありませんか」

「だから、だからお前は生意気だと云うのだ、一体あれを、俺に一言の相談もしないで、断ったのは誰だ。自分で断って置いて、今更ら仕様がないとは、何ということだ」

「じゃあ、どうすればいいのです。……そんなに僕がお邪魔になるのだったら、出て行けばいいのでしょう。エエ、明日からでも出て行きますよ」

「バ、馬鹿ッ。それが親に対する言草か」

やにわに父親の手が前の徳利にかかると、彦太郎の眉間めがけて飛んで来る。

「何をするのです」

そう叫ぶが早いか、今度は彼の方から父親に武者ぶりついて行く。狂気の沙汰である。そこで世にもあさましい親と子のとっ組合いが始まるのだ。だが、これは何も今夜に限ったことではない。もう此頃では毎晩の様に繰返される日課の一つなのである。

そうして、とっ組合っている内に、いつも彦太郎の方が耐りかねた様に、ワッとばかりに泣き出す。……何が悲しいのだ。何ということもなく凡てが悲しいのだ。詰襟の洋服を着て働いている五十歳の父親も、その父親の家でゴロゴロしている自分自身も、三畳と四畳半の乞食小屋の様な家も、何もかも悲しいのだ。……………………

そして、それからどんなことがあったか。

父親が火鉢の抽斗から湯札を出して、銭湯へ出掛けた様子だった。暫くたって帰って来ると、彼の御機嫌をとる様に、

「すっかり晴れたよ。オイ、もう寝たのか、いい月だ、庭へ出て見ないか」

などといっていた。そして自分は縁側から庭へ下りて行った。その間中、彦太郎は四畳半の壁の側へ俯伏して、泣き出した時のままの姿勢で、身動きもしないでいた。蚊帳もつらないで全身を蚊の食うに任せ、ふてくされた女房の様に、棄鉢に、口癖の「死んじまえ。死んじまえ」を念仏みたいに頭の中で繰返していた。そして、何時の間にか寝入って了ったのである。

それからどんなことがあったか。

その翌朝、開けはなした縁側からさし込む、まばゆい日光の為に、早くから目を覚した彦太郎は、部屋の中がいやにガランとして、昨夜のまま蚊帳も吊ってなければ床(とこ)も敷いてないのを発見した。さてはもう父親は出勤したのかと、柱時計を見ると、まだやっと六時を廻ったばかりだ。何となく変な感じである。そこで、睡(ねむ)い目をこすりながら、ふと庭の方を見ると、これはどうしたというのであろう。父親がそこの籐椅子(とういす)に凭(もた)れ込んで、ぐったりとしているではないか。

まさか睡っているのではあるまい。彦太郎は妙に胸騒ぎを覚えながら、縁側にあった下駄をつっかけると、急いで籐椅子の側へ行って見た。――読者諸君、人間の不幸なんてどんな所にあるか分らないものだ。その時縁側には、二足の下駄があって、彼の穿(は)いたのはその内の朴歯(ほおば)の日和下駄(ひよりげた)であったが、若しそうでなく、もう一つの桐(きり)の地下(じか)穿(ば)きの方を穿いていたなら、或はあんなことにならなくて済んだのかも知れないのだ。――

近づいて見ると、彦太郎の仰天(ぎょうてん)したことは、父親はそこで死んでいたのである。両手を籐椅子の肘かけからダラリと垂らして、腰の所で二つに折れでもした様に身体を曲げて、頭と膝とが殆どくっ着かんばかりである。それ故(ゆえ)、見まいとしても見えるのだが、その後頭部がひどい傷になっている、出血こそしていないけれど、いうまでもなくそれが致命傷に相違ない。

まるで作りつけの人形ででもある様に、じっとしている父親の奇妙な姿を、夏の朝の輝かしい日光が、はれがましく照していた。一匹の虻(あぶ)が鈍い羽音を立てて、死人の頭の上を飛び廻っていた。

彦太郎は、余り突然のことなので、悪夢でも見ているのではないかと、暫くはぼんやりそこに彳(たたず)んでいたが、でも、夢であろう筈もないので、そこで、彼は庭つづきの伯爵邸の玄関へ駈けつけて、折から居合せた一人の書生に事の次第を告げたのである。

伯爵家からの電話によって間もなく警察官の一行がやって来たが、中に警察医も混っていて、先ず取りあえず死体の検診が行われた。その結果、彦太郎の父親は「鈍器による打撃の為に脳震盪」を起したもので、絶命したのは昨夜十時前後らしいということが分った。一方彦太郎は警察署長の前に呼び出されて、色々と取調べを受けた。伯爵家の執事も同様に訊問された。併し両人とも何等警察の参考になる様な事柄は知っていなかったのである。

それから現場の取調べが開始された。署長の外に背広姿の二人の刑事が、色々と議論を戦わせながら、併し如何にも専門家らしくテキパキと調査を進めて行った。彦太郎は伯爵家の召使達と一緒にぼんやりとその有様を眺めていた。彼は余りのことに思考力を失って了って、その時まで、まだ何事も気附かないでいたのだ。一種の名状しがたい不安に襲われてはいたけれど、併しそれが何故の不安であるか、彼は少しも知らなかったのである。

そこは庭とは云っても、彦太郎の家の裏木戸の外にある方四五間の殺風景な空地なので、彦太郎の家と向い合って伯爵家の三階建ての西洋館があり、右手の方は高いコンクリート塀を隔てて往来に面し、左手は伯爵家の玄関に通ずる広い道になっている。その殆ど中央に主家の使いふるしの毀れかかった籐椅子が置いてあるのだ。

無論他殺の見込みで取調べが進められた。併し、死体の周囲からは加害者の遺留品らしいものは何も発見されなかった。空地が隅から隅まで捜索せられたけれど、西洋館に沿って植えられた五六本の杉の木を除いては、植木一本、植木鉢一つないガランとした砂地で、石ころ、棒切れ、其他兇器に使われ得る様な品物は勿論、疑うべき何物をも見出すことは出来なかった。

たった一つ、籐椅子から一間ばかりの所にある杉の木の根許の草の間に、一束のダリヤの花が落ちていた外には、だが、誰もそんな草花などには気がつかなかった。或は、仮令気がついていても特別の注意を払わなかった。彼等はもっと外のもの、例えば一筋の手拭とか、一個の財布とか、所謂遺留品らしいものを探していたのである。

結局唯一の手掛りは足跡だった。幸なことには降りつづいた雨の為に、地面が滑かになっていて、前夜雨が上ってからの足跡だけがハッキリと残っているのだ。とは云え今朝からもう沢山の人が歩いているので、それを一々検べ上げるのは随分骨の折れる仕事ではあったが、これは誰の足跡、あれは誰の足跡と丹念にあてはめて行くと、案の定、あとに一つ丈け主のない足跡が残ったのである。

それは幅の広い地下穿きらしいもので、その辺をやたらに歩き廻ったと見えて、縦横無尽の跡がついている。そこで、刑事の一人がそれを追って行って見ると、不思議なことには、足跡は彦太郎の家の縁側から発して、又そこへ帰っていることが分った。そして、縁側の型ばかりの沓脱石の上に、その足跡にピッタリ一致する古い桐の地下穿きがチャンと脱いであったのである。

最初刑事が足跡を検べ始めた頃に、彦太郎はもうその桐の古下駄に気がついていた。彼は父親の死体を発見してから一度も家の中へ這入ったことはないのだから、その足跡は昨夜ついたものに相違ないが、とすると、一体何人がその下駄を穿いたのであろうか。……

そこで、彼はやっとある事を思当ったのである。彼はハッと昏倒し相になるのをやっと耐えることが出来た。頭の中でドロドロした液体が渦巻の様に回転し始めた。レンズの焦点が狂った様に、周囲の景色がスーッと目の前からぼやけて行った。そして、そのあとへ、あの机の上の重い文鎮をふり上げて、父親の脳天を叩きつけようとしている、自分自身の恐ろしい姿が幻の様に浮んで来た。

「逃げろ、逃げろ、さあ早く逃げるんだ」

何者とも知れず、彼の耳の側で慌(あわただ)しく叫び続けた。

彼は一生懸命で何気ない風を装いながら、伯爵家の召使達の群から少しずつ少しずつ離れて行った。それが彼にとってどれ程の努力であったか。今にも「待てッ」と呼び止められ相な気がして、もう生きた心地もないのである。

だが、仕合せなことには、誰もこの彼の不思議な挙動に気付くものもなく、無事に家の蔭まで辿りつくことが出来た。そこから彼は一息に門の所へ駈けつけた。見ると門前に一台の警察用の自転車が立てかけてある。彼はいきなりそれに飛び乗って、行手も定めず、無我夢中でペタルを踏んだ。

両側の家並(やなみ)がスーッスーッと背後へ飛んで行った。幾度(いくたび)となく往来の人に突きあたって顛覆(てんぷく)し相になった。それを危(あやう)く避けては走った。今何という町を走っているのか無論そんなことは知らなかった。賑かな電車道などへ出そうになると、それをよけて淋しい方へ淋しい方へとハンドルを向けた。

それからどれ程炎天の下を走り続けたことか、彦太郎の気持では十分十里以上も逃げのびたつもりだけれど、東京の町はなかなか尽きなかった。ひょっとすると、彼は同じ所をグルグル廻っていたのかも知れないのだ。そうしている内に、突然パンというひどい音がしたかと思うと、彼の自転車は役に立たなくなって了った。

彼は自転車を捨てて走り出した。白絣（しろがすり）の着物が、汗の為に、水にでも漬けた様にビッショリ濡れていた。足は棒の様に無感覚になって、一寸した障礙物（しょうがいぶつ）にでも、つまずいては倒れた。心臓が胸の中で狂気の様に躍（おど）り廻っていた。咽喉（のど）はカラカラに渇いて、ヒューヒューと喘息病（ぜんそくや）みみたいな音を立てた。彼はもう、何の為に走らねばならぬのか、最初の目的を忘れて了っていた。ただ目の前に浮んで来る世にも恐しい親殺しの幻影が彼を走らせた。

そして、一町、二町、三町、彼は酔っぱらいの様な恰好で、倒れては起き上り、倒れては又起き上って走った。が、その痛ましい努力も長くは続かなかった。やがて彼は倒れたまま動かなくなった。汗と埃（ほこり）にまみれた彼の身体を、真夏の日光がジリジリと照りつけていた。

暫くして、通行人の知らせで駈けつけた警官が、彼の肩を摑（つか）んで引起そうとした時に、彼は一寸ふり離して逃げ出す恰好をしたが、それが最後だった。彼はそうして警官の腕に抱かれたまま息を引きとったのである。

その間に、伯爵邸の父親の死骸の側では何事が起っていたか。

警官達が彦太郎の逃亡に気付いたのは、彼が半里（はんみち）も逃げ延びている時分であった。署長は、もう追っかけても駄目だと悟ると、猶予なく伯爵家の電話を借りて、その旨を本署に伝え、彦太郎逮捕の手配（てくばり）を命じた。そうして置いて、彼等は猶（なお）も現場（げんじょう）の調査を続け、旁々（かたがた）検事の来着を待つことにしたのである。

無論彼等は彦太郎が下手人（げしゅにん）だと信じた。現場に残された唯一の手掛りである桐の下駄が、彦太郎の家の縁側から発見されたこと、その下駄の主と見做（みな）すべき彦太郎が逃亡したこと、この二つの動かし難い事実が彼の有罪を証拠立てていた。

ただ、彦太郎が何故に真実の父親を殺害したか、そして又、下手人である彼が、なぜ警官が出張するまで逃亡を躊躇（ちゅうちょ）していたかという二点が、疑問として残されていたけれど、それもいずれ彼を逮捕して見れば分ることなのである。ところが、そうして事件が一段落をつげたかと見えた時に、実に意外なことが起った。

「その人を殺したのは、私です。私です」

伯爵邸の方から一人の真蒼（まっさお）な顔をした男が、署長の所へ走って来て、いきなりこんなことを云い出したのである。その男はまるで熱病患者の様に、「私です私です」とそればかりを繰返すのだ。

署長を始め刑事達は、あっけにとられて、不思議な闖入者（ちんにゅうしゃ）の姿を眺めた。そんなことがあり得るだろうか。まさか、この男が彦太郎の家にあった桐の下駄を穿いたとも思われぬ。そうだとすると、少しも足跡を残さないで、どうして殺人罪を犯すことが出来たのであろうか。そこで、彼等は兎（と）も角（かく）、男の陳述を聞いて見ることにした。

それは実に意外な事実であった。警察始まって以来の記録（レコード）といっても差支（さしつかえ）ない程、不思議千万な事実であった。さて、その男（それは伯爵家の書生の一人であった）の告白した所はこうなのである。

昨日（きのう）、伯爵邸に数人の来客があって、西洋館三階の大広間で晩餐（ばんさん）が供せられた。それが終って客の帰ったのが丁度九時頃であった。彼はそこのあと片付けを命ぜられて、部屋の中をあちこちしながら働いていたが、ふと絨氈（もうせん）の端につまずいて倒れた。そのはずみに部屋の隅に置いてあった花瓶（かびん）を置く為の高い台を倒し、台の上の品物が、開けはなしてあった窓から飛び出したのである。

その品物が若し花瓶であったら、こんな間違いは起らなかったのであろうが、それは、花瓶の台にはのっていたけれど、花瓶ではなくて、五六時間もたてば跡方もなく融けてなくなって了う氷の塊だったのである。装飾用の花氷だったのである。水を受ける為の装置は台に取りつけてあったので、上の氷丈けが落ちたのだ。無論それは昼間からその部屋に飾ってあったのだから、大部分解けて了って、殆ど心丈けが残っていたのだけれど、でも老人に脳震盪を起させるには十分だったと見える。

彼は驚いて窓から下を覗いて見た。そして、月あかりでそこに小使の老人が死んでいるのを知った時、どんなに仰天したか。仮令過ちからとはいえ俺は人殺しをやって了ったのだ。そう思うともうじっとしていられない。皆に知らせようか、どうしようか、とつおいつ思案をしている中に時間が経つ、若しこのまま明日の朝まで知れずにいたら、どうなるだろう。ふと彼はそんなことを考えて見た。

いうまでもなく、氷は解けて了うのだ。中のダリヤの花丈けは残っているだろうけれど、ひょっとしたら、気付かれずに済むかも知れない。それとも今から氷のかけらを拾いに行こうか。いやいや、そんなことをして若し見つかったら、それこそ罪人にされて了う。彼は床へ這入っても一晩中まんじりともしなかった。

ところが朝になって見ると、事件は意外な方向に進んで行った。朋輩から詳しい様子を聞いて、一時はこいつはうまく行ったと喜んだものの、流石に善人の彼はそうしてじっとしていることは出来なかった、自分の代りに一人の男が恐しい罪名を着せられているかと思うと、余りに空恐しかった。それに又、そうして一時は免れることが出来てもいずれ真実が暴露する時が来るに相違なかった。そこで彼は今は意を決して署長の所へやって来た。という訳であった。

これを聞いた人々は、余りに意外な、そして又余りにあっけない事実に、暫くはただ顔を見合せているばかりであった。

それにしても彦太郎は早まったことをしたものである。その時は彼が逃亡してからまだ三十分も経っていないのだった。それとも又、彼が、いや彼でなくとも、刑事なり伯爵家の人達なりが、あの杉の根許に落ちていた一束のダリヤの花にもっとよく注意したならば、そしてその意味を悟ることが出来たならば、彦太郎は決して死ななくとも済んだのである。

「併しおかしいねえ」暫くしてから警察署長が妙な顔をして云った。「この足跡はどうしたというのだろう。それから、死人の息子はなぜ逃亡したのだろう」

「分りましたよ、分りました」丁度この時問題の桐の下駄を穿き試みていた一人の刑事がそれに答えて叫んだ。「足跡はなんでもないのです。この下駄を穿いて見ると分りますがね。割れているのですよ。見た所別状ない様ですけれど、穿いて見ると真中からひび割れていることが分るのです。もう一寸で離れて了い相です。誰だってこんな下駄を穿いているのは気持がよくありませんからな。きっと被害者が庭を歩いている内にそれに気づいて穿き換えたのですよ」

若しこの刑事の想像が当っているとすると、彼等は今まで被害者自身の足跡を見て騒いでいた訳である。何という皮肉な間違いであろう。多分それは、殺人が行われたからには犯人の足跡がなければならぬという尤もな理窟が彼等を迷わしたのではあろうけれど。

その翌々日、M伯爵家の門を二つの棺(かん)が出た。いうまでもなく、不幸なる夢遊病者彦太郎とその父親を納めたものである。噂(うわさ)を聞いた世間の人達は、だれもかれも、彼等親子の変死を気の毒がらぬものはなかった。だが、あの時彦太郎がなぜ逃亡を試みたかと云う点だけは、永久に解くことの出来ない謎として残されていた。

白昼夢

あれは、白昼の悪夢であったか、それとも現実の出来事であったか。

晩春の生暖い風が、オドロオドロと、火照（ほて）った頬に感ぜられる、蒸し暑い日の午後であった。

用事があって通ったのか、散歩のみちすがらであったのか、それさえぼんやりとして思い出せぬけれど、私は、ある場末の、見る限り何処（どこ）までも何処までも、真直（まっすぐ）に続いている、広い埃（ほこり）っぽい大通りを歩いていた。

洗いざらした単衣物（ひとえもの）の様に白茶けた商家が、黙って軒（のき）を並べていた。三尺のショーウインドウに、埃でだんだら染めにした小学生の運動シャツが下っていたり、碁盤の様に仕切った薄っぺらな木箱の中に、赤や黄や白や茶色などの、砂の様な種物を入れたのが、店一杯に並んでいたり、狭い薄暗い家中（うちじゅう）が、天井からどこから、自転車のフレームやタイヤで充満していたり、そして、それらの殺風景な家々の間に挟まって、細い格子戸の奥にすすけた御神燈の下った二階家が、そんなに両方から押しつけちゃ厭（いや）だわという恰好をして、ボロンボロンと猥褻（わいせつ）な三味線（しゃみせん）の音（ね）を洩（もら）していたりした。

「アップク、チキリキ、アッパッパア……アッパッパア……」

お下げを埃でお化粧した女の子達が、道の真中に輪を作って歌っていた。アッパッパアアア……という涙ぐましい旋律が、霞んだ春の空へのんびりと蒸発して行った。

男の子等は縄飛びをして遊んでいた。長い縄の弦（つる）が、ねばり強く地を叩いては、空に上った。田舎縞の前をはだけた一人の子が、ピョイピョイと飛んでいた。その光景（ありさま）は、高速度撮影機を使った活動写真の様に、如何にも悠長に見えた。

時々、重い荷馬車がゴロゴロと道路や、家々を震動させて私を追い越した。

ふと私は、行手に当って何かが起っているのを知った。十四五人の大人や子供が、道ばたに不規則な半円を描いて立止っていた。

それらの人々の顔には、皆一種の笑いが浮んでいた。喜劇を見ている人の笑いが浮んでいた。ある者は大口を開いてゲラゲラ笑っていた。

好奇心が、私をそこへ近付かせた。

近付に従って、大勢の笑顔と際立った対照を示している一つの真面目くさった顔を発見した。その青ざめた顔は、口をとがらせて、何事か熱心に弁じ立てていた。香具師の口上にしては余りに熱心過ぎた。宗教家の辻説法にしては見物の態度が不謹慎だった。一体、これは何事が始まっているのだ。

私は知らず知らず半円の群集に混って、聴聞者の一人となっていた。

演説者は、青っぽいくすんだ色のセルに、黄色の角帯をキチンと締めた、風采のよい、見た所相当教養もありそうな四十男であった。鬘の様に綺麗に光らせた頭髪の下に、中高の薤形の青ざめた顔、細い眼、立派な口髭で隈どった真赤な脣、その脣が不作法につばきを飛ばしてバクバク動いているのだ。汗をかいた高い鼻、そして、着物の裾からは、砂埃にまみれた跣足の足が覗いていた。

「……俺はどんなに俺の女房を愛していたか」

演説は今や高調に達しているらしく見えた。男は無量の感慨を罩めてこういったまま、暫く見物達の顔から顔を見廻していたが、やがて、自問に答える様に続けた。

「殺す程愛していたのだ！」

「……悲しい哉、あの女は浮気者だった」

ドッと見物の間に笑い声が起ったので、其次（そのつぎ）の「いつ余所（よそ）の男とくッつくかも知れなかった」という言葉は危く聞き洩す所だった。

「いや、もうとっくにくッついていたかも知れないのだ」

そこで又、前にもました高笑いが起った。

「俺は心配で心配で」彼はそういって歌舞伎役者の様に首を振って「商売も手につかなんだ。俺は毎晩寝床の中で女房に頼んだ。手を合せて頼んだ」笑声（しょうせい）「どうか誓って呉れ。俺より外の男には心を移さないと誓って呉れ……併し、あの女はどうしても私の頼みを聞いては呉れない。まるで商売人の様な巧みな嬌態（きょうたい）で、手練手管（てれんてくだ）で、その場その場をごまかすばかりです。だが、それが、その手練手管が、どんなに私を惹きつけたか……」

誰かが「ようよう、御馳走さまッ」と叫んだ。そして、笑声。

「みなさん」男はそんな半畳（はんじょう）などを無視して続けた。「あなた方が、若（も）し私の境遇にあったら一体どうしますか。これが殺さないでいられましょうか！」

「……あの女は耳隠しがよく似合いました。自分で上手に結うのです……鏡台の前に坐っていました。結い上げた所です。綺麗にお化粧した顔が私の方をふり向いて、赤い唇でニッコリ笑いました」

男はここで一つ肩を揺り上げて見えを切った。濃い眉が両方から迫って凄い表情に変った。赤い唇が気味悪くヒン曲った。

「……俺は今だと思った。この好もしい姿を永久に俺のものにして了うのは今だと思った」

「用意していた千枚通しを、あの女の匂（にお）やかな襟足へ、力まかせにたたき込んだ。笑顔の消えぬうちに、大きい糸切歯が脣から覗いたまんま……死んで了った」

賑かな広告の楽隊が通り過ぎた。大喇叭が頓狂な音を出した。「ここはお国を何百里、離れて遠き満洲の」子供等が節に合せて歌いながら、ゾロゾロとついて行った。

「諸君、あれは俺のことを触廻っているのだ。真柄太郎は人殺しだ、人殺しだ、そういって触廻っているのだ」

又笑い声が起った。楽隊の太鼓の音丈けが、男の演説の伴奏ででもある様に、いつまでもいつまでも聞えていた。

「……俺は女房の死骸を五つに切り離した。いいかね、胴が一つ、手が二本、足が二本、これでつまり五つだ。……惜しかったけれど仕方がない。……よく肥ったまっ白な足だ」

「……あなた方はあの水の音を聞かなかったですか」男は俄に声を低めて云った。首を前につき出し、目をキョロキョロさせながら、さも一大事を打開けるのだといわぬばかりに、「三七二十一日の間、私の家の水道はザーザーと開けっぱなしにしてあったのですよ。五つに切った女房の死体をね、四斗樽の中へ入れて、冷していたのですよ。これがね、みなさん」ここで彼の声は聞えない位に低められた。

「秘訣なんだよ。秘訣なんだよ。死骸を腐らせない。……屍蠟というものになるんだ」

「屍蠟」……ある医書の「屍蠟」の項が、私の目の前に、その著者の黴くさい絵姿と共に浮んで来た。

一体全体、この男は何を云わんとしているのだ。何とも知れぬ恐怖が、私の心臓を風船玉の様に軽くした。

「……女房の脂ぎった白い胴体や手足が、可愛い蠟細工になって了った」

「ハハハハハ、お極りを云ってらあ。お前それを、昨日から何度おさらいするんだい」誰かが不作法に怒鳴った。

「オイ、諸君」男の調子がいきなり大声に変った。「俺がこれ程云うのが分らんのか。君達は、俺の女房は家出をした家出をしたと信じ切っているだろう。ところがな、オイ、よく聞け、あの女はこの俺が殺したんだよ。どうだ、びっくりしたか。ワハハハハハハ」

……断切(たちき)った様に笑声がやんだかと思うと、一瞬間に元の生真面目な顔が戻って来た。男は又囁き声で始めた。

「それでもう、女はほんとうに私のものになり切って了ったのです。ちっとも心配はいらないのです。キッスのしたい時にキッスが出来ます。抱き締めたい時には抱きしめることも出来ます。私はもう、これで本望(ほんもう)ですよ」

「……だがね、用心しないと危い。私は人殺しなんだからね。いつ巡査(おまわり)に見つかるかしれない。そこで、俺はうまいことを考えてあったのだよ。隠し場所をね。……巡査だろうが刑事だろうが、こいつにはお気がつくまい。ホラ、君、見てごらん。その死骸はちゃんと俺の店先に飾ってあるのだよ」

男の目が私を見た。私はハッとして後を振り向いた。今の今まで気のつかなかったすぐ鼻の先に、白いズックの日覆(ひおおい)……「ドラッグ」……「請合薬(うけあいぐすり)」……見覚えのある丸ゴシックの書体、そして、その奥のガラス張りの中の人体模型、その男は、何々ドラッグという商号を持った、薬屋の主人であった。

「ね、いるでしょう。もっとよく私の可愛い女を見てやって下さい」

何がそうさせたのか。私はいつの間にか日覆の中へ這入(はい)っていた。

私の目の前のガラス箱の中に女の顔があった。彼女は糸切歯をむき出してニッコリ笑っていた。いまわしい蠟細工の腫物の奥に、真実の人間の皮膚が黒ずんで見えた。作り物でない証拠には、一面にうぶ毛が生えていた。

スーッと心臓が喉の所へ飛び上った。私は倒れ相になる身体を、危くささえて日覆からのがれ出した。そして、男に見つからない様に注意しながら、群集の側を離れた。

……ふり返って見ると、群集のうしろに一人の警官が立っていた。彼も亦、他の人達と同じ様にニコニコ笑いながら、男の演説を聞いていた。

「何を笑っているのです。君は職務の手前それでいいのですか。あの男のいっていることが分りませんか。嘘だと思うならあの日覆の中へ這入って御覧なさい。東京の町の真中で、人間の死骸がさらしものになっているじゃありませんか」

無神経な警官の肩を叩いて、こう告げてやろうかと思った。けれど私にはそれを実行する丈けの気力がなかった。私は眩暈を感じながらヒョロヒョロと歩き出した。

行手には、どこまでもどこまでも果しのない白い大道が続いていた。陽炎が、立並ぶ電柱を海草の様に揺っていた。

百面相役者

一

僕の書生時代の話しだから、随分（ずいぶん）古いことだ。年代などもハッキリしないが、何でも、日露戦争のすぐあとだったと思う。

その頃、僕は中学校を出て、さて、上の学校へ入りたいのだけれど、当時まだ僕の地方には高等学校もなし、そうかといって、東京へ出て勉強させてもらう程、家（うち）が豊（ゆたか）でもなかったので、気の長い話しだ、僕は小学教員をかせいで、そのかせぎためた金で、上京して苦学をしようと思い立ったものだ。ナニ、その頃は、そんなのが珍らしくはなかったよ。何しろ給料にくらべて物価の方がずっと安い時代だからね。

話しというのは、僕がその小学教員を稼いでいた間に起ったことだ。（起ったという程大げさな事件でもないがね）ある日、それは、よく覚えているが、こうおさえつけられる様な、いやにドロンとした、春先のある日曜日だった。僕は、中学時代の先輩で、町の（町といっても××市のことだがね）新聞社の編集部に勤めているRという男を訪ねた。当時、日曜になると、この男を訪ねるのが僕の一つの楽しみだったのだ。というのは、彼はなかなか物識（ものし）りでね、それも非常に偏（かたよ）った、風変りなことを、実によく調べているのだ。万事がそうだけれど、たとえば文学などでいうと、こう怪奇的な、変に秘密がかった、そうだね、日本でいえば平田篤胤だとか、上田秋成だとか、外国でいえば、スエデンボルグだとかウイリアム・ブレークだとか例の、君のよくいうポオなども、先生大すきだった。市井（しせい）の出来事でも、一つは新聞記者という職業上からでもあろうが、人の知らない様な、変てこなことを馬鹿に詳しく調べていて、驚かされることがしばしばあった。

彼の為人を説明するのがこの話しの目的ではないから、別に深入りはしないが、例えば上田秋成の「雨月物語」の内で、どんなものを彼が好んだかということを一言すれば、彼の人物がよくわかる。随って、彼の感化を受けていた僕の心持もわかるだろう。

彼は「雨月物語」は全篇どれもこれもすきだった、あの夢の様な散文詩と、それから紙背にうごめく、一種の変てこな味が、堪らなくいいというのだ。その中でも「蛇性の淫」と「青頭巾」なんか、よく声を出して、僕に読み聞かせたものだ。

下野の国のある里の法師が、十二三歳の童児をちょう愛していた処、その童児が病の為に死んで了ったので「あまりに歎かせ給うままに、火に焼きて土に葬ることもせで、顔に顔をもたせ、手に手をとりくみて日を経給うが、終に心みだれ、生きてある日に違わず戯れつつも、その肉の腐りただるをおしみて、肉を吸い骨をなめ、はたくらいつくしぬ」という所などは、今でも僕の記憶に残っている。流行の言葉でいえば変態性慾だね。Rはこんな所が馬鹿にすきなのだ、今から考えると、先生自身が、その変態性慾の持主だったかも知れない。

少し話が傍路にそれたが、僕がRを訪問したのは、今いった日曜日の、丁度ひる頃だった。先生相変らず机にもたれて、何かの書物をひもどいていた。そこへ僕がはいって行くと、大変喜んで、

「ヤア、いい所へ来た。今日は一つ、是非君に見せたいものがある。そりゃ実に面白いものだ」

彼はいきなりこんなことをいうのだ。僕はまた例の珍本でも掘出したのかと思って、

「是非拝見したいものです」

と答えると、驚いたことには、先生立上って、サッサと外出の用意をし始めるのだ。そしていうには、

「外だよ。××観音までつきあい給え。君に見せたいものは、あすこにあるのだよ」

そこで、僕は、一体××観音に何があるのかと聞いて見たが、先生のくせでね、行って見れば分るといわぬばかりに、何も教えない。仕方がないので、僕はRのあとから、黙ってついて行った。

さっきもいった通り、雷でも鳴り出し相な、いやにどんよりした空模様だ。その頃電車はないので、半里ばかりの道を、テクテク歩いていると、身体中ジットリと汗ばんで来る。町の通りなども、天候と同様に、変にしずまり返っている。時々Rが後をふり向いて話しかける声が一町も先から聞える様だ。狂気になるのは、こんな日じゃないかと思われたよ。

××観音は、東京でいえばまあ浅草といった所で、境内に色々な見世物小屋がある。劇場もある。それが田舎丈けに、一層廃たい的で、グロテスクなのだ。今時そんなことはないが、当時僕の勤めていた学校は、教師に芝居を見る事さえ禁じていた。芝居ずきの僕は困ったがね。でも首になるのが恐しいので、なるべく禁令を守って、この××観音なぞへは滅多に足を向けなんだ。随って、そこにどんな芝居がかかっているか、見世物が出ているか、ちっとも知らなかった。（当時は芝居の新聞広告なんて殆どなかった）で、Rがこれだといって、ある劇場の看板を指した時には非常に珍しい気がしたものだよ。その看板がまた変っているのだ。

新帰朝百面相役者××丈出演
探偵奇聞「怪美人」五幕

涙香小史のほん案小説に「怪美人」というのがあるが、見物して見るとあれではない、もっともっと荒唐無けいで、奇怪至極の筋だった。でもどっか、涙香小史を思わせる所がないでもない。今でも貸本屋などには残っている様だが、涙香のあの改版にならない前の菊版の安っぽい本があるだろう。君はあれのさし絵を見たことがあるかね。今見直すと、実に何ともいえぬ味のあるものだ。この××丈出演の芝居は、まあ、あのさし絵が生きて動いているといった感じのものだったよ。

実に汚い劇場だった。黒い土蔵見たいな感じの壁が、半ばはげ落ちて、そのすぐ前を、蓋のない泥溝が、変な臭気を発散して流れている。そこへ汚い洟垂れ小僧が立並んで、看板を見上げている。まあそういった景色だ。だが絵看板丈けはさすがに新しかった。それがまた実に珍なものでね。普通の芝居の看板書きが、西洋流の真似をして書いたのだろう、足が曲った紅毛へき眼の紳士や、身体中ひだだらけで、馬鹿に顔のふくれ上った洋装美人が、様々の恰好で、日本流の見えを切っているのだ。あんなものが今残っていたら、素敵な歴史的美術品だね。

湯屋の番台の様な恰好をした、無蓋の札売り場で、大きな板の通り札を買うと、僕等はその中へはいって行った。（僕はとうとう禁令を犯した訳だ）中も外部に劣らず汚い。土間には仕切りもなく、一面に薄よごれたアンペラが敷いてあるきりだ。しかもそこには、紙屑だとかミカンや南京豆の皮などが、一杯にちらばっていて、うっかり歩いていると、気味の悪いものが、べったり足の裏にくっつく、ひどい有様だ。だが、当時はそれで普通だったかも知れない。現にこの劇場なぞは町でも二三番目に数えられていたのだからね。

はいって見るともう芝居は始まって居た。看板通りの異国情調に富んだ舞台面で、出て来る人物も、皆西洋人臭いふん装をしていた。僕は思った、「これは素敵だ、流石にRはいいものを見せて呉れた」とね。なぜといって、それは当時の僕達の趣味にピッタリ当はまる様な代物なんだから。……僕は単にそう考えていた。ところが、後になってわかったのだが、Rの真意はもっともっと深い所にあった。僕には芝居を見せるというよりは、そこへ出て来る一人の人物即ち看板の百面相役者なるものを観察させる為であった。

　芝居の筋もなかなか面白かった様に思うが、よくは覚えてないし、それにこの話には大して関係もないから、略するけれど、神出鬼没の怪美人を主人公にする、非常に変化に富んだ一種の探偵劇だった。近頃は一向流行らないが、探偵劇というものも悪くないね、この怪美人には座頭の百面相役者がふんした。怪美人は警官その他の追跡者をまく為に、目まぐるしく変装する。男にも、女にも、老人にも、若人にも、貴族にも、賤民にも、あらゆる者に化ける。そこが百面相役者たるゆえんなのであろうが、その変装は実に手に入ったもので、舞台の警官などよりは、見物の方がすっかりだまされて終うのだ。あんなのを、技神に入るとでもいうのだろうね。

　僕がうしろの方にしようというのに、Rはなぜか、土間のかぶりつきの所へ席をとったので、僕達の目と舞台の役者の顔とは、近くなった時には、殆ど一間位しか隔っていないのだ。だから、こまかい所までよく分る。ところが、そんなに近くにいても、百面相役者の変装は、ちっとも見分けられない。女なら女、老人なら老人に、なり切っているのだ。例えば、顔のしわだね。普通の役者だと、絵具で書いているので、横から見ればすぐばけの皮が現れる。ふっくらとしたほおに、やたらに黒い物をなすってあるのが、滑稽に見える。それがこの百面相役者のは、どうしてあんなことが出来るのか、本当の肉に、ちゃんとしわがきざまれているのだ。そればかりではない。変装する毎(ごと)に、顔形がまるで変って了う。不思議で堪まらなかったのは、時によって、丸顔になったり、細面(ほそおもて)になったりする。目や口が大きくなったり小さくなったりするのは、まだいいとして、鼻や耳の恰好さえひどく変るのだ。僕の錯覚だったのか、それとも何かの秘術であんなことが出来るのか、未(いま)だに疑問がとけない。

そんな風だから、舞台に出て来ても、これが百面相役者ということは、想像もつかぬ。ただ番附を見て、僅(わず)かにあれだなと悟る位のものだ。あんまり不思議なので、僕はそっとRに聞いて見た。

「あれは本当に同一人なのでしょうか。若(も)しや、百面相役者というのは、一人ではなくて、大勢の替玉(かえだま)を引っくるめての名称で、それが代るがわる現れているのではないでしょうか」

実際僕はそう思ったものだ。

「いやそうではない。よく注意してあの声を聞いてごらん。声の方は変装のようには行かぬかして、巧みに変えてはいるが、皆同一音調だよ。あんなに音調の似た人間が幾人もあるはずはないよ」

なる程、そう聞けば、どうやら同一人物らしくもあった。

「僕にしたって、何も知らずにこれを見たら、きっとそんな不審を起したに相違ない」Rが説明した。

「ところが、僕にはちゃんと予備知識があるんだ。というのは、この芝居が蓋を開ける前にね、百面相役者の××が、僕の新聞社を訪問したのだよ。そして、実際僕等の面前で、あの変装をやって見せたのだ。外(ほか)の連中は、そんなことに余り興味がなさそうだったけれど、僕は実に驚嘆した。世の中には、こんな不思議な術もあるものかと思ってね。その時の××の気焔(きえん)がまた、なかなか聞きものだったよ。まず欧米における変装術の歴史を述べ、現在それが如何(いか)に完成の域に達しているかを紹介し、だが、我々日本人には、皮膚や頭髪の工合(ぐあい)で、そのまま真(ま)ねられない点が多いので、それについて如何に苦心したか、そして、結局、どれ程巧(たくみ)にそれをものにしたか、という様なことを実に雄弁にしゃべるのだ。団十郎だろうが菊五郎(きくごろう)だろうが、日本広しといえどもおれにまさる役者はないという鼻息だ。何でもこの町を振り出しに、近く東京の檜舞台(ひのきぶたい)を踏んで、その妙技を天下に紹介するということだった。（彼はこの町の産(うまれ)なのだよ）その意気や愛すべしだが、可哀相に、先生芸というものを、とんだはき違えで解釈している。何よりも巧に化けることが、俳優の第一条件だと信じ切っている。そして、かくの如(ごと)く化ける事の上手な自分は、いうまでもなく天下一の名優だと心得ている。田舎から生れる芸にはよくこの類(たぐい)のがあるものだね。近くでいえば、熱田の神楽獅子(かぐらじし)などがそれだよ。それはそれとして、存在するだけの値うちはあるのだけれど……」

　このRのくわしいちゅう釈(しゃく)を聞いてから、舞台を見ると、そこにはまた一層の味わいがあった。そして見れば見る程、益々(ますます)深く百面相役者の妙技に感じた。こんな男が若し本当の泥坊になったら、きっと、永久に警察の目をのがれることが出来るだろうとさえ思われた。

　やがて、芝居は型の如くクライマックスに達し、カタストロフィに落ちて、惜しい大団円(だいだんえん)を結んだ。時間のたつのを忘れて、舞台に引きつけられていた僕は、最後の幕がおり切って終うと、思わずハッと深いため息をついたことだ。

二

劇場を出たのは、もう十時頃だった。空は相変らず曇って、ソヨとの風もなく、妙にあたりがかすんで見えた。二人共黙々として家路についた。Rがなぜ黙っていたかは、想像の限りでないが、少くも僕だけは、あんまり不思議なものを見た為に、頭がボーッとしてしまって、物をいう元気もなかったのだ。それ程、感銘を受けたものだ。さて、銘々の家（うち）への分れ道へ来ると、

「今日はいつにない愉快な日曜でした。どうもありがとう」

僕はそういって、Rに分れようとした。すると、意外にもRは僕を呼び止めて、

「いや、序（ついで）にもう少しつきあって呉れ給え。実はまだ君に見せたいものがあるのだ」

という。それがもう十一時時分だよ。Rはこの夜ふけに、わざわざ僕を引っぱって行って、一体全体何を見せようというのだろう。僕は不審で堪（たま）らなんだけれど、その時のRの口調が、妙に厳（げん）しゅくに聞えたのと、それに当時僕は、Rのいうことには、何でもハイハイと従う習慣になっていたものだから、それからまたRの家まで、テクテクとついて行ったことだ。

いわれるままに、Rの部屋へはいって、そこで、釣りランプの下で、彼の顔を見ると、僕はハッと驚いた。彼は真青（まっさお）になって、ブルブル震えてさえいるのだ。何がそうさせたのか、彼が極度にこう奮（ふん）していることは一目でわかる。

「どうしたんです。どっか悪いのじゃありませんか」

僕が心配して聞くと、彼はそれには答えないで、押入れの中から古い新聞の綴（つづ）り込（こ）みを探し出して来

て、一生懸命にくっていたが、やがて、ある記事を見つけ出すと震える手でそれを指し示しながら、
「兎も角、この記事を読んで見給え」
というのだ。それは彼の勤めていた社の新聞で、日附を見ると、丁度一年ばかり以前のものだった。僕は何が何だか、まるで狐につままれた様で、少しも訳が分らなかったけれど、取敢ずそれを読んで見ることにした。

見出しは「又しても首泥坊」というので、三面の最上段に、二段抜きで載せてあった。その記事の切抜きは、記念の為に保存してあるがね、見給えこれだ。

近来諸方の寺院頻々として死体発掘の厄に逢うも未だ該犯人の捕縛を見るに至らざるは時節柄誠になげかわしき次第なるがここにまたもや忌わしき死体盗難事件ありその次第を記さんに去る×月×日午後十一時頃×県×郡×村字×所在×寺の寺男×某（五〇）が同寺住職の言つけにて附近のだんか家へ使に行き帰途同寺けい内の墓地を通過せる折柄雲間を出でし月影に一名の曲者が鍬を振って新仏の土まんじゅうを発掘せる有様を認め腰を抜かさん許りに打驚き泥坊泥坊と呼わりければ曲者もびっくり仰天雲を霞とにげ失せたり届け出により時を移さず×警察×分署長××氏は二名の刑事を従え現場に出張し取調べたる処発掘されしは去る×月×日埋葬せる××村字××番屋敷××××の新墓地なる事判明せるが曲者は同人の棺おけを破壊し死体の頭部を鋭利なる刃物を以て切断しいずこにか持去れるものの如く無慚なる首なし胴体のみ土にまみれて残り居れり一方急報により×裁判所××検事は現場に急行し×署楼上に捜査本部を設け百方手を尽して犯人捜査につとめたるも未だ何等の手掛りを発見

せずと該事件のやり口を見るに従来諸方の寺院を荒し廻りたる曲者のやり口と符節を合(あわ)すが如く恐らく同一人の仕業なるべく曲者は脳(のう)ずいの黒焼が万病にきき目ありという古来の迷信によりかかる挙に出でしものならんか去るにても世にはむごたらしき人鬼もあればあるものなり。

そして終りに「因(ちな)みに」とあって、当時までの被害寺院と首を盗まれた死人の姓名とが、五つ六つ列記してある。

僕はその日、頭が余程(よほど)変になっていた。天候がそんなだったせいもあり、一つは奇怪な芝居を見たからでもあろうが、何となく物におびえ易くなっていた。で、此(この)いまわしい新聞記事を読むと、Rがなぜこんなものを僕に読ませたのか、その意味は少しも分らなんだけれど、妙に感動してしまって、この世界が何かこうドロドロした血みどろのもので、みたされている様な気がし出したものだ。

「随分ひどいですね。一人でこんなに沢山(たくさん)首を盗んで、黒焼屋にでも売込むのでしょうかね」

Rは僕が新聞を読んでいる間に、やっぱり押入れから、大きな手文庫を出して来て、その中をかき廻していたが、僕が顔を上げてこう話しかけると、

「そんなことかも知れない。だが、ちょっとこの写真を見てごらん。これはね、僕の遠い親戚に当るものだが、この老人も首をとられた一人なんだよ。そこの『因みに』という所に××××という名前があるだろう、これはその××××老人の写真なんだ」

そういって、一葉の古ぼけた手札形の写真を示した。見ると裏には、間違いなく新聞のと同じ名前が、下手な手蹟でしたためてある。なる程それでこの新聞記事を読ませたのだな。僕は一応合点(がてん)することが

出来た。しかしよく考えて見ると、こんな一年も前の出来事を何故今頃になって、しかもよる夜中、わざわざ僕に知らせるのか、その点がどうも解(げ)せない。それに、さっきからRがいやにこう奮(ふん)している様子も、おかしいのだ。僕はさも不思議そうにRの顔を見つめていたに相違ない。すると彼は、

「君はまだ気がつかぬ様だね。もう一度その写真を見てごらん。よく注意して。……それを見て何か思い当る事柄はないかね」

　というのだ。僕はいわれるままに、その白髪(しらが)頭の、しわだらけの田舎ばばの顔を、さらにつくづくながめたことだが、すると、君、僕はあぶなくアッと叫ぶ所だったよ。そのばばあの顔がね、さっきの百面相役者の変装の一つと、もう寸分違わないのだ。しわのより方、鼻や口の恰好、見れば見る程まるで生き写しなんだ。僕は生(しょう)がいの中(うち)で、あんな変な気持を味(あじわ)った事は、二度とないね。考えて見給え、一年前に死んで、墓場へ埋められて、おまけに首まで切られた老(ろう)ばが、少くとも彼女と一分一厘違わないある他の人間が（そんなものはこの世にいるはずがない）××観音の芝居小屋で活躍しているのだ。こんな不思議なことがあり得るものだろうか。

「あの役者が、どんなに変装がうまいとしてもだ、見も知らぬ実在の人物と、こうも完全に一致することが出来ると思うかね」

　Rはそういって、意味ありげに僕の顔をながめた。

「いつか新聞社であれを見た時には、僕は自分の眼がどうかしているのだと思って、別段深くも考えなかった。が、日がたつに随ってどうも何となく不安で堪らない。そこで、今日は幸い君の来るのが分っていたものだから、君にも見くらべてもらって、僕の疑問を晴らそうと思ったのだ。ところが、これじゃ

疑いが晴れるどころか、益々僕の想像が確実になって来た。もう、そうでも考える外には、この不思議な事実を解釈する方法がないのだ」

　そこでRは一段と声を低め、非常に緊張した面色になって、

「この想像は非常に突飛な様だがね。しかし満更不可能な事ではない。先ず当時の首泥坊と今日の百面相役者とが同一人物だと仮定するのだ。（あの犯人はその後捕縛されてはいないのだから、これはあり得ることだ）で、最初は、あるいは死体の脳味そをとるのが目的だったかも知れない。だが、そうして沢山の首を集めた時、彼が、それらの首の脳味そ以外の部分の利用法を、考えなかったと断定することは出来ない。一般に犯罪者というものは、異常な名誉心を持っているものだ。それに、あの役者は、さっきも話した通り、うまく化ける事が俳優の第一条件で、それさえ出来れば、日本一の名声を博するものと、信じ切っている。なおその上に、首泥坊で偶然芝居好きででもあったと仮定すれば、この想像説は益々確実性を帯びて来るのだ。君、僕の考えは余り突飛過ぎるだろうか。彼が盗んだ首から様々の人肉の面を製造したという、この考えは……」

　おお、「人肉の面」！　何という奇怪な、犯罪者の独創であろう。なるほど、それは不可能なことではない。巧に顔の皮をはいで、はく製にして、その上から化粧を施せば、立派な「人肉の面」が出来上るに相違ない。では、あの百面相役者の、その名にふさわしい幾多の変装姿はそれぞれに、かつてこの世に実在した人物だったのか。

　僕は、あまりのことに、自分の判断力を疑った。その時の、Rや僕の理論に、どこか非常なさくごがあるのではないかと疑った。一体「人肉の面」を被って、平気で芝居を演じ得る様なそんな残酷な人鬼が、

この世に存在するであろうか。だが、考えるに随って、どうしても、その外には想像のつけようがないことが分って来た。僕は一時間前に、現にこの目で見たのだ。そして、それと寸分違わぬ人物が、ここに写真の中に居るのだ。またRにしても、彼は日頃冷静を誇っている程の男だ。よもやこんな重大な事柄を、誤って判断することはあるまい。

「若しこの想像が当っているとすると（実際この外に考え様がないのだが）すてておく訳には行かぬ。だが、今すぐこれを警察に届けたところで相手にして呉れないだろう。もっと確証を握る必要がある。例えば百面相役者のつづらの中から、「人肉の面」そのものを探し出すという様な。ところで、幸い僕は新聞記者だし、あの役者に面識もある。これは一つ、探偵の真似をして、この秘密をあばいてやろうかな。……そうだ。僕は明日からそれに着手しよう。若しうまく行けば、親戚の老ばの供養にもなることだし、また社に対しても非常な手柄だからね」

遂にはRは、決然として、こういう意味のことをいった。僕も確それに賛意を表した。二人はその晩二時頃までも、非常に興奮して語り続けた。

さあそれからというものは、僕の頭はこの奇怪な「人肉の面」で一杯だ。学校で授業をしていても、家で本を読んでいても、ふと気がつくと、いつの間にかそれを考えている。Rは今頃どうしているだろう。うまくあの役者に近くことが出来たかしら。そんなことを想像すると、もう一刻もじっとしていられない。そこで、確芝居を見た翌々日だったかに、僕はまたRを訪問した。

行って見ると、Rはランプの下で熱心に読書していた。本は例によって、篤胤の「鬼神論」とか「古今妖魅考」とかいう種類のものだった。

「ヤ、この間は失敬した」

僕があいさつすると、彼は非常に落ついてこう答えた。僕はもう、ゆっくり話しの順序など考えている余裕はない。すぐ様例の問題を切り出した。

「あれはどうでした。少しは手がかりがつきましたか」

Rは少しけげん相な顔で、

「あれとは?」

「ソラ、例の『人肉の面』の一件ですよ。百面相役者の」

僕が声を落してさも一大事という調子で、こう聞くとね。驚いたことには、Rの顔が妙に歪(ゆが)み出したものだ。そして、今にも爆発しようとする笑声を、一生懸命かみ殺している声音で、

「アア『人肉の面』か、あれはなかなか面白かったね」

というのだ。僕は何だか様子が変だと思ったけれど、まだ分らないで、ボンヤリと彼の顔を見つめていた。すると、Rにはその表情が余程間が抜けて見えたに相違ない。彼はもう堪まらないという様子で、矢庭(やにわ)にゲタゲタ笑い出したものだ。

「ハハハハハ、あれは君、空想だよ。そんな事実があったら、さぞ愉快だろうという僕の空想に過ぎないのだよ。……成る程、百面相役者は実際珍らしい芸人だが、まさか『人肉の面』をつける訳でもなかろう。それから、首泥坊の方は、これは、僕の担当した事件で、よく知っているが、その後ちゃんと犯人が上っている。だからね、この二つの事実の間には、何の聯絡もないのさ。僕が、それを一寸(ちょっと)空想でつなぎ合せて見たばかりなのだ。ハハハハハ。アア、例の老(ろう)ばの写真かい。僕にあんな親戚などあるものか。

あれはね、実は新聞社で写した、百面相役者自身の変装姿なのだよ。それを古い台紙にはりつけて、手品の種に使ったという訳さ。種明しをしてしまえば何でもないが、でもこの間は面白かっただろう。この退屈極まる人生もね、こうして、自分の頭で創作した筋を楽しんで行けば、相当愉快に暮せようというものだよ。ハハハハハ」

これで、この話しはおしまいだ。百面相役者はその後どうしたのか、一向うわさを聞かない。恐らく、旅から旅をさすらって、どこかの田舎で朽ちはててしまったのでもあろうか。

毒草

よく晴れた秋の一日であった。仲のよい友達が訪ねて来て、一しきり話がはずんだあとで、「気持のいい天気じゃないか。どうだ、そこいらを少し歩こうか」ということになって、私とその友達とは、私の家は場末にあったので、近くの広っぱへと散歩に出掛けたことであった。

雑草の生い茂った広っぱには、昼間でも秋の虫がチロチロと鳴いていた。草の中を一尺ばかりの小川が流れていたりした。所々には小高い丘もあった。私達はとある丘の中腹に腰をおろして、一点の雲もなくすみ渡っている空を眺めたり、或は又、すぐ足の下に流れている、溝の様な小川や、その岸に生えている様々の、見れば見る程、無数の種類の、小さい雑草を眺めたり、そして「アア秋だなあ」とため息をついて見たり、長い間一つ所にじっとしていたものである。

すると、ふと私は、やはり小川の岸のじめじめした所に生えていた、一叢のある植物に気がついたのである。

「君、あれ何だか知っているか」

そう友達に聞いて見ると、彼は、一体自然の風物などには興味を持たぬ男だったので、無愛想に、「知らない」と答えたばかりであった。が、如何に草花の嫌いな彼も、この植物丈けには、きっと興味を持つに相違ない訳があった。いや、自然を顧みない様な男に限って、この植物の持つ、ある凄味には、一層惹きつけられる筈だった。そこで、私は、私の珍しい知識を誇る意味もあって、その植物の用途について説明を初めたものである。

「それは××××といってね、どこにでも生えているものだ。別に烈しい毒草という訳でもない。普通の人は、ただこうした草花だと思っている。注意もしない。ところが、この植物は堕胎の妙薬なんだよ。

今の様に色々な薬品のない時分の堕胎薬といえば、もうこれに極っていたものだ。よく昔の産婆なんかが、秘法のおろし薬として用いたのは、つまりこの草なんだよ」

それを聞くと、私の友達は案の定、大いに好奇心を起したものである。そして、一体全体、それはどういう方法で用いるのだと、甚だ熱心に聞訊すのであった。私は「さては、早速入用があると見えるね」などとからかいながら、お喋りにも、その詳敷い方法を説明したのである。

「これをね、手の平の幅だけ折り取るのだ。そして皮をむいて、そいつを……」

と、身振り入りで、そういう秘密がかったことは、話す方でも又面白いものだ、フンフンと感心して聞いている友達の顔を眺め眺め、こまごまと説明したのである。

それから、その堕胎談がきっかけになって、私達の話は産児制限問題に移って行った。その点では友達も私も、近頃の若い者のことだ。無論話が合った。制限論者なのだ。ただそれが誤用されて、不必要な有産階級に行われ、無産社会には、そんな運動の起っているのを知らぬ者が多い、現にこの近所には貧民窟の様な長屋があるのだが、そこではどの家も必要以上に子福者ばかりだ、という様なことを大いに論じたものである。

それを論じながら、計らずも私の頭に浮んで来たのは、私の家のすぐ裏に住んでいる老郵便配達夫一家であった。そこの主人はこの町の三等郵便局に十何年勤続して、月給僅に五拾円、盆暮れの手当てが各々二拾円に充たないという身の上であった。その中で晩酌を欠かした事のない酒好きではあったけれど、極めて律義者で、十何年という長の月日を、恐らく一日も欠勤せずに通した様な男であった。それで年は五十を越しているらしいのだが、結婚がおそかったものと見えて、十二歳を上に六人の子宝（？）

があるのだ。屋賃だって拾円は払わねばなるまい。それをまあどうして暮して行こうというのだ。夕方になるとは、十二歳の長女が大切相に五合瓶を抱えて、老父の晩酌を買いに行く。私の家の二階から、その哀れな姿が毎日眺められるのだ。夜は、乳離れの三歳になる男の子が、病的な（恐らく嬰児のヒステリイであろうか）力のない声で、一晩中泣き続ける。五歳になるその上の女の子は、頭から顔から腫物が出来て、夜になるとそれが痛いのか痒いのか、これも又ヒステリイの様に泣き叫ぶのだ。四十歳の彼等の母親は、それをまあどんな心持で眺めているのであろう。しかも彼女の腹には、もう又、五月の子が宿っているのだ。だが、これは私の裏の郵便脚夫の家に限ったことではない、その隣にも、その裏にも、似た様な子福者がいくらもある。そして、広い世間には、もっともっと、郵便脚夫の十層倍も不幸な家庭が、沢山あることであろう。

そんなことを、取止めもなく話合っている内に、短い秋の日がもう暮れ初めたのである。青かった空が薄墨色になり、近所の家々には白茶けた燈火が点じられ、そうして土の上に腰をおろしているのが、妙にうそ寒くなって来た。そこで、私達は立上って、私は私の家に、友達は彼の家に、帰ることにしたのである。が、その時、ツト立上った私は、今迄背中を向けていた丘の上に、何かの気はいを感じて、何気なく振り向くと、そこには、夕暗の空を背景にして、木像の様に一人の女がつっ立っていたのである。一刹那、私の目には、背景が空ばかりだった為か、それが、非常に大きな異形のものに見えた。併し、次の刹那には、それは、物の怪などよりはもっと恐しいものであることが分った。というのは、そこに化石した様に、つっ立っていたのは、今云った私の裏の哀れな郵便配達夫のはらみ女房だったからである。

私は顔の筋肉が硬(こわ)ばった様になって、無論挨拶(あいさつ)なんか出来なかった。先方でも、空洞(くうどう)の様なまなざしで、あらぬ方(ほう)を見つめていて、私の方など見向きもしなかった。この無智な四十女はいうまでもなく、さっきからの私達の話を、すっかり聞いていたのだ。

私達は逃げる様にして家に向った。私も友達も、妙に黙り込んで、分れの言葉もろくろく交さなかった。二人は、殊(こと)に私は、思わぬ女の立聞きに、そしてその結果の想像に、すっかりおびやかされていた。

一旦家に帰った私は、考えれば考える程、あの女房の様子が気になり出した。彼女はきっと始めから、例の植物の用途の説明の所から聞いていたに相違ない。私はあの時、その植物を用いる時は、どんなにやすやすと、少しの苦痛もなく堕胎を行うことが出来るかについて、可也(かなり)誇張的な説明をした筈である。それを聞いて、子福者のはらみ女は、そもそも何を考えるのが自然であるか。その子供を産む為には、苦しい中から幾干(いくら)かの費用を支出しなければならぬ。もう老境に近い年で、生れた子供を懐(ふところ)に、三歳の子を背中に、そうして洗濯をし、炊事を働かねばならぬ。今でさえ毎晩極った様に怒鳴(どな)り散らす亭主は、余計に怒鳴る様になるだろう。五歳の娘は、ますますヒステリイをひどくするだろう。それらの数々の苦痛が、たった一本の名もない植物によって、少しの危険もなく除かれるとしたら。……彼女はそんな風に考えないであろうか。

何が怖いのだ。お前は産児制限論者ではなかったのか。あの女房がお前の教えに従って、不用な一人の命を、暗(やみ)から暗へ葬(ほうむ)ったとて、それがどうして罪悪になるのだ。私は理窟ではそんな風に考えることが出来た。併し、理窟(りくつ)で、この身震いがどう止まるものぞ。私はただ、恐しい殺人罪でも犯した様に、無性(むしょう)に怖いのであった。

何だかじっとしていては悪い様な気がして、私は家の中をソワソワと歩き廻った。二階へ上って、あの広っぱの見える縁側（えんがわ）から、薄暗い丘の辺をすかして見たり、その時、郵便脚夫の女房はもうそこには居なかった。何の必要もないのに、階段を駈けおりて、二三段も踏みはずし、馬鹿馬鹿しく騒がしい物音を立てて見たり、そそくさと下駄（げた）を引（ひっ）かけて、表口の格子（こうし）を開けて見たり、又しめて見たり、そんなことを繰り返したあとで、結局もう一度丘の下まで行って見ないではいられなくなったのである。

私は、もう一間（けん）先は見えない程の、夕闇の中を、誰か見ていはしないかと、身のすくむ気持で、うしろの方（かた）を振向き振向き、例の丘の所までたどりついた。灰色のもやの中に、一尺の小川の黒い水が、チロチロと流れていた。一間ばかり向うの草の中で、何の虫だか、妙にさえた音（ね）で鳴きしきっていた。私は、堅くなってあの植物を探した。それは、あたりの低い雑草の中に、化物の様に太い茎と、厚ぼったい丸い葉を、ヌッとつき出しているので、すぐに分ったが、見ると、その一本の茎が、半（なか）ばからポッキリ折り取られて、まるで片腕なくした不具者の様に、変に淋（さび）しい姿をしているのだ。

私は、殆（ほとん）ど暮れ切った闇の中で、うそ寒く立ちつくしていた。醜い顔に、いつも狂者の様に髪の毛を振り乱している、あの四十女の女房が、さっき私達の立去ったあとで、恐しい決心の為に頬（ほお）を引（ひき）つらせながら、ノソノソと丘を下り、四つ這（ば）いになってその植物を折り取っている有様が、気味悪く私の目に浮んで来る。それは、何という滑稽（こっけい）な、然（しか）しながら又、何という厳粛（げんしゅく）な、一つの光景であったろう。私は余りの怖さに、ワッと叫んで、いきなり走り出したい様な気持になったことである。

そして、それから数日のちのこと、その間（あいだ）私は、可哀相な裏の女房のことは、気にかかりながら強（し）いて忘れる様にしていた。家人の噂話（うわさばなし）などもなるべく聞くまいとした。私は朝から家を出ては、友達の所を遊び廻ったり、芝居を見たり、寄席に這入ったり、なるべく外で夜を更していた。だが、到頭ある日、私は家の横の細い路地で、ヒョッコリと、裏の女房に出逢って了ったのである。

彼女は私を見ると、幾分恥し相にニヤニヤ笑いながら、その笑顔が私には何と物凄く見えたことであろう、挨拶をした。乱れた髪の毛の中に、病後の様にやつれた、血の気の失せた彼女の顔が、すさまじく覗いていた。私の目は、見まいとすればする程、彼女の帯の辺に行った。そして、そこには、予期していたことながら、然し矢張り私をハッとさせないでは置かなかった所の、餓えた痩せ犬の様に、二つに折れはしないかと思われる程の、ペチャンコのお腹があったのである。

そして、この話にはもう少し続きがあるのだ。それから又一月ばかりたったある日のこと、私はふと通りすがりに、一間の中で私の祖母と女中とが妙な話しをしているのを、小耳にはさんだのである。

「流れ月なんだね。きっと」これは祖母の声である。

「まあ、御隠居様が、ほほほほほ……」無論彼女の笑声はこんなによくはないのだが、これは女中の声である。

「だってお前、お前がそういったじゃないか。まず郵便屋のお上さん」そう云って祖母は指をくるらしいのだ。「それから北村のお兼さん、それから駄菓子屋の、何といったっけね、そうそう、お類さん。そらね、この一町内で三人もあったじゃないか。だから、流れ月なんだよ、今月は」

それを聞いた私の心臓はどんなに軽くなったことであろう。一刹那、この世の中が、まるで違った変てこなものに思われた。

「これが人生というものであったか」何のことだか分らない、そんな言葉が私の頭に浮んだ。

私は、その足で玄関を下りると、もう一度例の丘の所へ行って見ないではいられなかった。

その日もよく晴れた、小春日和（こはるびより）であった。奥底の知れない青空を、何鳥（なにどり）であろう、伸々（のびのび）と円を描いて飛んでいた。私は少しもまごつかずに例の植物を探し出すことが出来た。だが、これはまあ、何ということだ。その植物は、どの茎もどの茎も、皆半分位の所から折り取られて、見るも無慚（むざん）なむくろを暴（さら）していたではないか。

それは近所のいたずら小僧（こぞう）共の仕業（しわざ）であったかも知れない。又、そうでなかったかも知れない。私はいまだに何れ（いず）であるかを知らないのである。

火星の運河

又あすこへ来たなという、寒い様な魅力が私を戦(おのの)かせた。にぶ色の暗(やみ)が私の全世界を覆いつくしていた。恐らくは音も匂(におい)も、触覚さえもが私の身体(からだ)から蒸発して了(しま)って、煉羊羹(ねりようかん)の濃(こまや)かに澱(よど)んだ色彩ばかりが、私のまわりを包んでいた。

頭の上には夕立雲の様に、まっくらに層をなした木の葉が、音もなく鎮(しず)まり返って、そこからは巨大な黒褐色(くろかっしょく)の樹幹が、滝をなして地上に降り注ぎ、観兵式の兵列の様に、目も遙(はるか)に四方にうち続いて、末は奥知れぬ暗の中に消えていた。

幾層の木の葉の暗のその上には、どの様なうららかな日が照っているか、或(あるい)は、どの様な冷い風が吹きすさんでいるか、私には少しも分らなかった。ただ分っていることは、私が今、果てしも知らぬ大森林の下闇を、行方(ゆくえ)定めず歩き続けている、その単調な事実だけであった。歩いても歩いても、幾抱えの大木の幹を、次から次へと、迎え見送るばかりで景色は少しも変らなかった。足の下には、この森が出来て以来、幾百年の落葉が、湿気の充(み)ちたクッションを為(な)して、歩くたびに、ジクジクと、音を立てているに相違なかった。

聴覚のない薄暗の世界は、この世からあらゆる生物が死滅したことを感じさせた。或は又、不気味にも、森全体がめしいたる魑魅魍魎(ちみもうりょう)に充(み)ち満ちているが如(ごと)くにも、思われないではなかった。くちなわの様な山蛭(やまびる)が、まっくらな天井から、雨垂れを為して、私の襟(えり)くびに注いでいるのが想像された。私の眼界には一物の動くものとてなかったけれど、背後には、くらげの如きあやしの生きものが、ウヨウヨと身をすり合せて、声なき笑いを合唱しているのかも知れなかった。

でも、暗闇と、暗闇の中に住むものとが、私を怖(こわ)がらせたのは云(い)うまでもないけれど、それらにもまして、いつもながらこの森の無限が、奥底の知れぬ恐怖を以(もっ)て、私に迫った。それは、生れ出たばかりの嬰児(えいじ)が、広々とした空間に畏怖(いふ)して、手足をちぢめ、恐れ戦くが如き感じであった。

私は「母さん、怖いよう」と、叫びそうになるのを、やっとこらえながら、一刻も早く、暗の世界を逃れ出そうと、あがいた。

併(しか)し、あがけばあがく程、森の下闇は、益々(ますます)暗さをまして行った。何年の間、或は何十年の間、私はそこを歩き続けたことであろう！　そこには時というものがなかった。日暮れも夜明けもなかった。歩き始めたのが昨日であったか、何十年の昔であったか、それさえ曖昧(あいまい)な感じであった。

私は、ふと未来永劫(みらいえいごう)この森の中に、大きな大きな円を描いて歩きつづけているのではないかと疑い始めた。外界の何物よりも私自身の歩幅(ほはば)の不確実が恐しかった。私は嘗(か)つて、右足と左足との歩きぐせにたった一吋(インチ)の相違があった為に、沙漠(さばく)の中を円を描いて歩き続けた旅人の話を聞いていた。沙漠には雲がはれて、日も出よう、星もまたたこう。併し、暗闇の森の中には、いつまで待っても、何の目印も現れては呉(く)れないのだ。世にためしなき恐れであった。私はその時の、心の髄(ずい)からの戦きを、何と形容すればよいのであろう。

私は生れてから、この同じ恐れを、幾度(いくたび)と知れず味(あじわ)った。併し、一度(たび)ごとに、いい知れぬ恐怖の念は、そして、それに伴うあるとしもなき懐(なつか)しさは、共に増しこそすれ、決して減じはしなかった。その様に度々のことながら、どの場合にも、不思議なことには、いつどこから森に入って、いつ又どこから森を抜け出すことが出来たのやら、少しも記憶していなかった。一度ずつ、全く新たなる恐怖が私の魂を圧し縮めた。

巨大なる死の薄暗を、豆つぶの様な私という人間が、息を切り汗を流して、いつまでも、いつまでも歩いていた。

ふと気がつくと、私の周囲には異様な薄明（うすあかり）が漂い初めていた。それは例えば、幕に映った幻燈の光の様に、この世の外（ほか）の明るさではあったけれど、でも、歩くに随（したが）って闇はしりえに退いて行った。「ナンダ、これが森の出口だったのか」私はそれをどうして忘れていたのであろう。そして、まるで永久にそこにとじ込められた人の様に、おじ恐れていたのであろう。

私は水中を駈けるに似た抵抗を感じながら、でも次第に光りの方へ近づいて行った。近づくに従って、森の切れ目が現れ、懐しき大空が見え初（はじ）めた。併し、あの空の色は、あれが私達の空であったのだろうか。そして、その向うに見えるものは（?）アア、私はやっぱりまだ森を出ることが出来ないのだった。

森の果てとばかり思い込んでいた所は、その実（じつ）森の真中であったのだ。

そこには、直径一町ばかりの丸い沼があった。沼のまわりは、少しの余地も残さず、直（ただ）ちに森が囲んでいた。そのどちらの方角を見渡しても、末はあやめも知れぬ闇となり、今迄（いままで）私の歩いて来たのより浅い森はない様に見えた。

度々森をさ迷いながら、私は斯様（かよう）な沼のあることを少しも知らなかった。それ故（ゆえ）、パッと森を出離れて、沼の岸に立った時、そこの景色の美しさに、私はめまいを感じた。万花鏡（まんかきょう）を一転して、ふと幻怪な花を発見した感じである。併し、そこには万花鏡の様な華（はなや）かな色彩がある訳（わけ）ではなく、空も森も水も、空はこの世のものならぬいぶし銀、森は黒ずんだ緑と茶、そして水は、それらの単調な色どりを映しているに過ぎないのだ。それにも拘らず、この美しさは何物の業であろう。銀鼠の空の色か、巨大な蜘蛛が今獲ものをめがけて飛びかかろうとしている様な、奇怪なる樹木達の枝ぶりか、固体の様におし黙って、無限の底に空を映した沼の景色か、それもそうだ。併しもっと外にある。えたいの知れぬものがある。音もなく、匂いもなく、肌触りさえない世界の故か。そして、それらの聴覚、嗅覚、触覚が、たった一つの視覚に集められている為か、それもそうだ。併しもっと外にある。空も森も水も、何者かを待ち望んで、ハチ切れ相に見えるではないか。彼等の貪婪極りなき慾情が、いぶきとなってふき出しているのではないか。併しそれが、何故なればかくも私の心をそそるのか。

私は何気なく、眼を外界から私自身の、いぶかしくも裸の身体に移した。そして、そこに、男のではなくて、豊満なる乙女の肉体を見出した時、私が男であったことをうち忘れて、さも当然の様にほほえんだ。ああこの肉体だ（！）私は余りの嬉しさに、心臓が喉の辺まで飛び上るのを感じた。

私の肉体は、（それは不思議にも私の恋人のそれと、そっくり生うつしなのだが）何とまあすばらしい美しさであったろう。ぬれ鬘の如く、豊にたくましき黒髪、アラビヤ馬に似て、精悍にはり切った五体、蛇の腹の様につややかに、青白き皮膚の色、この肉体を以て、私は幾人の男子を征服して来たか。私という女王の前に、彼等がどの様な有様でひれ俯したか。

今こそ、何もかも明白になった。私は不思議な沼の美しさを、漸く悟ることが出来たのだ。

「オオ、お前達はどんなに私を待ちこがれていたことであろう。幾千年、幾万年、お前たち、空も森も水も、ただこの一刹那の為に生き永らえていたのではないか。お待ち遠さま（！）さあ、今、私はお前達の烈しい願をかなえて上げるのだよ」

この景色の美しさは、それ自身完全なものではなかった。何かの背景としてそうであったのだ。そして今、この私が、世にもすばらしい俳優として彼等の前に現れたのだ。

闇の森に囲まれた底なし沼の、深く濃やか（こまやか）な灰色の世界に、私の雪白（せっぱく）の肌（はだえ）が、如何（いか）に調和よく、如何に輝かしく見えたことであろう。何という大芝居だ。何という奥底知れぬ美しさだ。

私は一歩沼の中に足を踏み入れた。そして、黒い水の中央に、同じ黒さで浮んでいる、一つの岩をめがけて、静（しずか）に泳ぎ初めた。水は冷たくも暖かくもなかった。油の様にトロリとして、手と足を動かすにつれてその部分丈（だ）け波立つけれど、音もしなければ、抵抗も感じない。私は胸のあたりに、二筋三筋の静な波紋（はもん）を描いて、丁度真白な水鳥が、風なき水面をすべる様に、音もなく進んで行った。やがて、中心に達すると、黒くヌルヌルした岩の上に這（は）い上（あが）る。その様（さま）は、例えば夕凪（ゆうなぎ）の海に踊る人魚の様（よう）にも見えたであろうか。

今、私はその岩の上にスックと立上った。オオ、何という美しさだ。私は顔を空ざまにして、あらん限りの肺臓の力を以て、花火の様な一声（ひとこえ）を上げた。胸と喉の筋肉が無限の様に伸びて、一点の様にちぢんだ。

それから、極端な筋肉の運動が始められた。それがまあ、どんなにすばらしいものであったか。青大将（あおだいしょう）が真二つにちぎられてのたうち廻（まわ）るのだ。尺取虫（しゃくとりむし）と芋虫とみみずの断末魔（だんまつま）だ。無限の快楽に、或は無限の痛苦にもがくけだものだ。

踊り疲れると、私は喉をうるおす為に、黒い水中に飛び込んだ。そして、胃の腑（ふ）の受け容（い）れるだけ、水銀の様に重い水を飲んだ。

そうして踊り狂いながらも、私は何か物足らなかった。私ばかりでなく周囲の背景達も、不思議に緊張をゆるめなかった。彼等はこの上に、まだ何事を待ち望んでいるのであろう。

「そうだ、紅の一いろだ」

私はハッとそこに気がついた。このすばらしい画面には、たった一つ、紅の色が欠けている。若しそれを得ることが出来たならば、蛇の目が生きるのだ。奥底知れぬ灰色と、光り輝く雪の肌と、そして紅の一点、そこで、何物にもまして美しい蛇の目が生きるのだ。

したが、私はどこにその絵の具を求めよう。この森の果てから果てを探したとて、一輪の椿さえ咲いてはいないのだ。立並ぶ彼の蜘蛛の木の外に木はないのだ。

「待ち給え、それ、そこに、すばらしい絵の具があるではないか。心臓というシボリ出し、こんな鮮かな紅を、どこの絵の具屋が売っている」

私は薄く鋭い爪を以て、全身に、縦横無尽のかき傷を拵えた、豊なる乳房、ふくよかな腹部、肉つきのよい肩、はり切った太股、そして美しい顔にさえも。傷口からしたたる血のりが川を為して、私の身体は真赤なほりものに覆われた。血潮の網シャツを着た様だ。

それが沼の水面に映っている。火星の運河（！）私の身体は丁度あの気味悪い火星の運河だ。そこには水の代りに赤い血のりが流れている。

そして、私は又狂暴なる舞踊を初めた。キリキリ廻れば、紅白だんだら染めの独楽だ。のたうち廻れば、今度こそ断末魔の長虫だ。ある時は胸と足をうしろに引いて、極度に腰を張り、ムクムクと上って来る太股の筋肉のかたまりを、出来る限り上の方へ引きつけて見たり、ある時は岩の上に仰臥して、肩と足とで弓の様にそり返り、尺取虫が這（は）う様に、その辺を歩き廻ったり、ある時は、股（もも）をひろげその間に首をはさんで、芋虫の様にゴロゴロと転って見たり、又は切られたみみずをまねて、岩の上をピンピンとはね廻って、腕と云わず肩と云わず、腹と云わず腰と云わず、所きらわず、力を入れたり抜いたりして、私はありとあらゆる曲線表情を演じた。命の限り、このすばらしい大芝居（おお）の、はれの役目を勤めたのだ。…………………

「あなた、あなた、あなた」

遠くの方で誰かが呼んでいる。その声が一こと毎（ごと）に近くなる。地震の様に身体がゆれる。

「あなた。何をうなされていらっしゃるの」

ボンヤリ目を開（あ）くと、異様に大きな恋人の顔が、私の鼻先に動いていた。

「夢を見た」

私は何気なく呟（つぶや）いて、相手の顔を眺めた。

「まあ、びっしょり、汗だわ。…………怖い夢だったの」

「怖い夢だった」

彼女の頰（ほお）は、入日時（いりひどき）の山脈の様に、くっきりと蔭（かげ）と日向（ひなた）に別れて、その分れ目を、白髪（しらが）の様な長いむく毛が、銀色に縁取（へりど）っていた。小鼻の脇に、綺麗（きれい）な脂（あぶら）の玉が光って、それを吹き出した毛穴共が、まるで洞穴（ほらあな）の様に、いとも艶（なまめか）しく息づいていた。そして、その彼女の頰は、何か巨大な天体でもある様に、徐々（じょじょ）に徐々に、私の眼界を覆いつくして行くのだった。

人でなしの恋

一

門野、御存知でいらっしゃいましょう。十年以前になくなった先の夫なのでございます。こんなに月日がたちますと、門野と口に出していって見ましても、一向他人様の様で、あの出来事にしましても、何だかこう、夢ではなかったかしら、なんて思われるほどでございます。門野家へ私がお嫁入りをしましたのは、どうした御縁からでございましたかしら、申すまでもなく、お嫁入り前に、お互に好き合っていたなんて、そんなみだらなのではなく、仲人が母を説きつけて、母が又私に申し聞かせて、それを、おぼこ娘の私は、どう否やが申せましょう。おきまりでございますわ。畳にのの字を書きながら、ついうなずいてしまったのでございます。

でも、あの人が私の夫になる方かと思いますと、狭い町のことで、それに先方も相当の家柄なものですから、顔位は見知っていましたけれど、噂によれば、何となく気むずかしい方の様だがとか、あんな綺麗な方のことだから、ええ、御承知かも知れませんが、門野というのは、それはそれは、凄い様な美男子で、いいえ、おのろけではございません。美しいといいます中にも、病身なせいもあったのでございましょう、どこやら陰気で、青白く、透き通る様な、ですから、一層水際立った殿御ぶりだったのでございますが、それが、ただ美しい以上に、何かこう凄い感じを与えたのでございます。その様に綺麗な方のことですから、きっと外に美しい娘さんもおありでしょうし、もしそうでないとしましても、私の様なこのお多福が、どうまあ一生可愛がって貰えよう、などと色々取越苦労もしますれば、従ってお友達だとか、召使などの、その方の噂話にも聞き耳を立てるといった調子なのでございます。

そんな風にして、段々洩れ聞いた所を寄せ集めて見ますと、心配をしていた、一方のみだらな噂などはこれっぱかりもない代りには、もう一つの気むずかし屋の方は、どうして一通りでないことが分って来たのでございます。いわば変人とでも申すのでございましょう。お友達なども少く、多くは内の中に引込み勝ちで、それに一番いけないのは、女ぎらいという噂すらあったのでございます。それも、遊びのおつき合いをなさらぬための、そんな噂なら別条はないのですけれど、本当の女ぎらいらしく、私との縁談にしましてからが、元々親御さん達のお考えで、仲人に立った方は、私の方よりは、却て先方の御本人を説きふせるのに骨が折れたほどだと申すのでございます。尤もそんなハッキリした噂を聞いた訳ではなく、誰かが一寸口をすべらせたのから、私が、お嫁入りの前の娘の敏感で独合点をしていたのかも知れません。いいえ、いざお嫁入りをして、あんな目にあいますまでは、本当に私の独合点に過ぎないのだと、しいてもそんな風に、こちらに都合のよい様に、気休めを考えていたことでございます。これで、いくらか、うぬぼれもあったのでございますわね。

あの時分の娘々した気持を思い出しますと、われながら可愛らしい様でございます。一方ではそんな不安を感じながら、でも、隣町の呉服屋へ衣裳の見立に参ったり、それを家中の手で裁縫したり、道具類だとか、細々した手廻りの品々を用意したり、その中へ先方からは立派な結納が届く、お友達にはお祝いの言葉やら、羨望の言葉やら、誰かにあえばひやかされるのがなれっこになってしまって、それが又恥かしいほど嬉しくて、家中にみちみちた花やかな空気が、十九の娘を、もう有頂天にしてしまったのでございます。

一つは、どの様な変人であろうが、気むずかし屋さんであろうが、今申す水際立った殿御振に、私はすっかり魅せられていたのでもございましょう。それに又、そんな性質の方に限って、情が濃かなのではないか、私なら私一人を守って、凡ての愛情という愛情を私一人に注ぎつくして、可愛がって下さるのではないか、などと、私はまあなんてお人よしに出来ていたのでございましょう。そんな風に思っても見るのでございました。

初めの間は、遠い先のことの様に、指折数えていた日取りが、夢の間に近づいて、近づくに従って、甘い空想がずっと現実的な恐れに代って、いざ当日、御婚礼の行列が門前に勢揃いをいたします。その行列が又、自慢に申すのではありませんが、十幾つりの私の町にしては飛切り立派なものでしたが、それの中にはさまって、車に乗る時の心持というものは、どなたも味わいなさることでしょうけれど、本当にもう、気が遠くなる様でございましたっけ、まるで屠所の羊でございますわね。精神的に恐しいばかりでなく、もう身内がずきずき痛む様な、それはもう、何と申してよろしいのやら。……

二

何がどうなったのですか、兎も角も夢中で御婚礼を済せて、一日二日は、夜さえ眠ったのやら眠らなかったのやら、舅姑がどの様な方なのか、召使達が幾人いるか、挨拶もし、挨拶されていながらも、まるで頭に残っていないという有様なのでございます。するともう、里帰り、夫と車を並べて、夫の後姿を眺めながら走っていても、それが夢なのか現なのか、……まあ、私はこんなことばかりおしゃべりしていまして、御免下さいまし、肝心の御話がどこかへ行ってしまいますわね。

そうして、御婚礼のごたごたが一段落つきますと、案じるよりは生むが易いと申しますか、門野は噂程の変人というでもなく、却て世間並よりは物柔かで、私などにも、それは優しくしてくれるのでございます。私はほっと安心いたしますと、今までの苦痛に近い緊張が、すっかりほぐれてしまいまして、人生というものは、こんなにも幸福なものであったのかしら、なんて思う様になって参ったのでございます。それに舅姑御二人とも、お嫁入前に母親が心づけてくれましたことなど、まるで無駄に思われたほど、好い御方ですし、外には、門野は一人子だものですから、小舅などもなく、却て気抜けのする位、御嫁さんなんて気苦労の入らぬものだと思われたのでございました。

門野の男ぶりは、いいえ、そうじゃございませんのよ。これがやっぱり、お話の内なのでございますわ。そうして一しょに暮す様になって見ますと、遠くから、垣間見ていたのと違って、私にとっては、生れてはじめての、この世にたった一人の方なのですもの、それは当り前でございましょうけれど、日が経つにつれて、段々立まさって見え、その水際立った男ぶりが、類なきものに思われ初めたのでございます。いいえ、お顔が綺麗だとか、そんなことばかりではありません。恋なんて何と不思議なものでございましょう、門野の世間並をはずれた所が、変人というほどではなくても、何とやら憂鬱で、しょっちゅう一途に物を思いつづけている様な、しんねりむっつりとした、それで、縹緻はと申せば、今いう透き通る様な美男子なのでございますよ、それがもう、いうにいわれぬ魅力となって、十九の小娘を、さんざんに責めさいなんだのでございます。

ほんとうに世界が一変したのでございます。二た親のもとで育てられていた十九年を現実世界にたとえますなら、御婚礼の後の、それが不幸にもたった半年ばかりの間ではありましたけれど、その間はまるで夢の世界か、お伽噺の世界に住んでいる気持でございました。大げさに申しますれば、浦島太郎が乙姫様の御寵愛を受けたという龍宮世界、あれでございますわ、今から考えますと、その時分の私は、本当に浦島太郎の様に幸福だったのでございますわ。世間では、お嫁入りはつらいものとなっていますのに、私のはまるで正反対ですわね。いいえ、そう申すよりは、そのつらい所まで行かぬ内に、あの恐ろしい破綻が参ったという方が当たっているのかも知れませんけれど。

その半年の間を、どの様にして暮しましたことやら、ただもう楽かったと申す外に、こまごましたことなど忘れても居りますし、それに、このお話には大して関係のないことですから、おのろけめいた思出話は止しにいたしましょうけれど、門野が私を可愛がってくれましたことは、それはもう、世間のどの様な女房思いの御亭主でも、とても真似も出来ないほどでございました。無論私は、それをただただ有難いことに思って、いわば陶酔してしまって、何の疑いを抱く余裕もなかったのでございますが、この門野が私を可愛がり過ぎたということには、あとになって考えますと、実に恐しい意味があったのでございます。といって、何も可愛がり過ぎたのが破綻の元だと申す訳ではありません、あの人は、真心をこめて、私を可愛がろうと努力していたに過ぎないのでございます。それが決して、だましてやろうという様な心持ではなかったのですから、あの人が努力すればするほど、私はそれを真に受けて、真から手頼って行く、身も心も投げ出してすがりついて行く、という訳でございました。ではなぜ、あの人がそんな努力をしましたか、尤もこれらのことは、ずっとずっと後になって、やっと気づいたのではありますけれど、それには、実に恐ろしい理由があったのでございます。

三

「変だな」と気がついたのは、御婚礼から丁度半年ほどたった時分でございました。今から思えば、あの時、門野の力が、私を可愛がろうとする努力が、いたましくも尽きはててしまったものに相違ありません。その隙に乗じて、もう一つの魅力が、グングンとあの人を、そちらの方へひっぱり出したのでございましょう。

　男の愛というものが、どの様なものであるか、小娘の私が知ろう筈はありません。門野の様な愛し方こそ、すべての男の、いいえ、どの男にも勝った愛し方に相違ないと、長い間信じ切っていたのでございます。ところが、これほど信じ切っていた私でも、やがて、少しずつ少しずつ、門野の愛に何とやら偽りの分子を含むことを、感づき初めないではいられませんでした。……………そのエクスタシイは形の上に過ぎなくて、心では、何か遥なものを追っている、妙に冷い空虚を感じたのでございます。私を眺める愛撫のまなざしの奥には、もう一つの冷い目が、遠くの方を凝視しているのでございます。愛の言葉を囁いてくれます、あの人の声音すら、何とやらうつろで、機械仕掛の声の様にも思われるのでございます。でも、まさか、その愛情が最初から総て偽りであったなどとは、当時の私には思いも及ばぬことでした。これはきっと、あの人の愛が私から離れて、どこかの人に移りはじめたしるしではあるまいか、そんな風に疑って見るのが、やっとだったのでございます。

　疑いというものの癖として、一度そうしてきざしが現れますと、丁度夕立雲が広がる時の様な、恐しい早さでもって、相手の一挙一動、どんな微細な点までも、それが私の心一杯に、深い深い疑惑の雲となって、群(むら)がり立つのでございます。あの時の御言葉の裏にはきっとこういう意味を含んでいたに相違ない。いつやらの御不在は、あれは一体どこへいらしったのであろう。こんなこともあった、あんなこともあったと、疑い出しますと際限がなく、よく申す、足の下の地面が、突然なくなって、そこへ大きな真暗な空洞が開けて、はて知れぬ地獄へ吸い込まれて行く感じなのでございます。

　ところが、それほどの疑惑にも拘(かかわ)らず、私は何一つ、疑い以上の、ハッキリしたものを摑(つか)むことは出来ないのでございました。門野が家(うち)をあけると申しましても、極く僅(わずか)の間で、それが大抵(たいてい)は行先(ゆきさき)が知れているのですし、日記帳だとか手紙類、写真までも、こっそり調べて見ましても、あの人の心持を確め得る様な跡は、少しも見つかりはしないのでございます。ひょっとしたら、娘心のあさはかにも、根もないことを疑って、無駄な苦労を求めているのではないかしら、幾度か、そんな風に反省して見ましても、一度根を張った疑惑は、どう解こうすべもなく、ともすれば、私の存在をさえ忘れ果てた形で、ぼんやりと一つ所を見つめて、物思いに耽(ふけ)っているあの人の姿を見るにつけ、やっぱり何かあるに相違ない、きっときっと、それに極(きま)っている。では、もしや、あれではないのかしら。といいますのは、門野は先から申します様に、非常に憂鬱なたちだものですから、自然引込(ひっこみ)思案で、一間(ま)にとじ籠(こも)って本を読んでいる様な時間が多く、それも、書斎では気が散っていけないと申し、裏に建っていました土蔵の二階へ上(あが)って、幸いそこに先祖から伝わった古い書物が沢山(たくさん)積んでありましたので、薄暗い所で、夜などは昔ながらの雪洞(ぼんぼり)をともして、一人ぼっちで書見(しょけん)をするのが、あの人の、もっと若い時分からの、一つの楽(たのし)みになっていたのでございます。それが、私が参ってから半年ばかりというものは、忘れた様に、土蔵のそばへ足ぶみもしなくなっていたのが、ついその頃になって、又しても、繁々(しげしげ)と土蔵へ入る様になって参ったのでございます。この事柄に何か意味がありはしないか。私はふとそこへ気がついたのでございました。

四

土蔵の二階で書見をするというのは少し風変りと申せ、別段とがむべきことでもなく、何の怪しい訳もない、と一応はそう思うのですけれど、又考え直せば、私としましては、出来るだけ気を配って、門野の一挙一動を監視もし、あの人の持物なども検(しら)べましたのに、何の変った所もなく、それで、一方ではあの抜けがらの愛情、うつろの目、そして時には私の存在をすら忘れたかと見える物思いでございましょう。もう蔵の二階を疑いでもする外には、何のてだても残っていないのでございます。それに妙なのは、あの人が蔵へ行きますのが、極って夜更けなことで、時には隣に寝ています私の寝息を窺(うかが)う様にして、こっそりと床(とこ)の中を抜け出して、御小用(おこよう)にでもいらっしったのかと思っていますと、そのまま長い間帰っていらっしゃらない。縁側(えんがわ)に出て見れば、土蔵の窓から、ぼんやりとあかりがついているのでございます。何となく凄い様な、いうにいわれない感じに打たれることが屢々(しばしば)なのでございます。土蔵だけは、お嫁入りの当時、一巡(ひとまわり)中を見せて貰いましたのと時候の変り目に一二度入ったばかりで、たとえ、そこへ門野がとじ籠っていましても、まさか、蔵の中に私をうとうとしくする原因がひそんでいようとも考えられませんので、別段、あとをつけて見たこともなく、従って蔵の二階だけが、これまで、私の監視を脱(のが)れていたのでございますが、それをすら、今は疑いの目を以(もっ)て見なければならなくなったのでございます。

お嫁入りをしましたのが春の半(なかば)、夫に疑いを抱き始めましたのがその秋の丁度名月時分でございました。今でも不思議に覚えていますのは、門野が縁側に向うむきに蹲(うずくま)って、青白い月光に洗われながら、長い間じっと物思いに耽っていた、あのうしろ姿、それを見て、どういう訳か、妙に胸を打たれましたのが、あの疑惑のきっかけになったのでございます。それから、やがてその疑いが深まって行き、遂には、あさましくも、門野のあとをつけて、土蔵の中へ入るまでになったのが、その秋の終りのことでございました。

何というはかない縁(えにし)でありましょう。あの様にも私を有頂天にさせた、夫の深い愛情が（先にも申す通り、それは決して本当の愛情ではなかったのですけれど）たった半年の間にさめてしまって、私は今度は玉手箱をあけた浦島太郎の様に、生れて初めての陶酔境から、ハッと眼覚めると、そこには恐しい疑惑と嫉妬(しっと)の、無限地獄が口を開いて待っていたのでございます。

でも最初は、土蔵の中が怪しいなどとハッキリ考えていた訳ではなく、疑惑に責められるまま、たった一人の時の夫の姿を垣間見て、出来るならば迷いを晴らしたい、どうかそこに私を安心させる様なものがあってくれます様にと祈りながら、一方ではその様な泥坊じみた行いが恐しく、といって一度思い立ったことを、今更中止するのは、どうにも心残りなままに、ある晩のこと、袷(あわせ)一枚ではもう肌寒い位で、この頃まで庭に鳴きしきっていました、秋の虫共も、いつか声をひそめ、それに丁度闇夜で、庭下駄(にわげた)で土蔵への道々、空をながめますと、星は綺麗でしたけれど、それが非常に遠く感じられ、不思議と物淋(ものさび)

しい晩のことでありましたが、私はとうとう、土蔵へ忍びこんで、そこの二階にいる筈の夫の隙見を企てたのでございます。

もう母屋では、御両親をはじめ召使達も、とっくに床についておりました。田舎町の広い屋敷のことでございますから、まだ十時頃というのに、しんと静まり返って、蔵まで参りますのに、真っ暗なしげみを通るのが、こわい様でございました。その道が又、御天気でもじめじめした様な地面で、しげみの中には、大きな蝦蟇が住んでいて、グルル……グルル……といやな鳴き声さえ立てるのでございましょう。それをやっと辛抱して、蔵の中へたどりついても、そこも同じ様に真っ暗で、樟脳のほのかな薫りに混って、冷い、かび臭い蔵特有の一種の匂いが、ゾーッと身を包むのでございます。もし心の中に嫉妬の火が燃えていなかったら、十九の小娘に、どうまああの様な真似が出来ましょう。本当に恋ほど恐しいものはございませんわね。

闇の中を手探りで、二階への階段まで近づき、そっと上を覗いて見ますと、暗いのも道理、梯子段を上った所の落し戸が、ピッタリ締っているのでございます。私は息を殺して、一段一段と音のせぬ様に注意しながら、やっとのことで梯子の上まで昇り、ソッと落し戸を押し試みて見ましたが、門野の用心深いことには、上から締りをして、開かぬ様になっているではございませんか。ただ御本を読むのなら、何も錠まで卸さなくてもと、そんな一寸したことまでが、気懸りの種になるのでございます。

どうしようかしら。ここを叩いて開けて頂こうかしら。いやいや、この夜更けに、そんなことをしたなら、はしたない心の内を見すかされ、猶更疎んじられはしないかしら。でも、この様な、蛇の生殺しの様な状態が、いつまでも続くのだったら、とても私には耐えられない。一そ思い切って、ここを開けて頂いて、母屋から離れた蔵の中を幸いに、今夜こそ、日頃の疑いを夫の前にさらけ出して、あの人の本当の心持を聞いて見ようかしら。などと、とつおいつ思い惑って、落し戸の下に佇（たたず）んでいました時、丁度その時、実に恐ろしいことが起こったのでございます。

五

その晩、どうして私が蔵の中へなど参ったのでございましょう。夜更けに蔵の二階で、何事のあろう筈もないことは、常識で考えても分りそうなものですのに、ほんとうに馬鹿馬鹿しい様な、疑心暗鬼（ぎしんあんき）から、ついそこへ参ったというのは、理窟（りくつ）では説明の出来ない、何かの感応があったのでございましょうか。俗にいう虫の知らせでもあったのでございましょうか。この世には、時々常識では判断のつかない様な、意外なことが起るものでございます。その時、私は蔵の二階から、ひそひそ話（ばなし）の声を、それも男女二人の話声（はなしごえ）を、洩れ聞いたのでございました。男の声はいうまでもなく門野のでしたが、相手の女は一体全体何者でございましょうか。

まさかまさかと思っていました、私の疑いが、余りに明かな事実となって現れたのを見ますと、世慣れぬ小娘の私は、ただもうハッとして、腹立たしいよりは恐ろしく、恐ろしさと、身も世もあらぬ悲しさに、ワッと泣き出したいのを、僅にくいしめて、瘧（おこり）の様に身を戦（おのの）かせながら、でも、そんなでいて、やっぱり上の話声に聞き耳を立てないではいられなかったのでございます。

「この様なおう瀬を続けていては、あたし、あなたの奥様にすみませんわね」

細々とした女の声は、それが余りに低いために、殆ど聞き取れぬほどでありましたが、聞えぬ所は想像で補って、やっと意味を取ることが出来たのでございます。声の調子で察しますと、女は私よりは三つ四つ年かさで、しかし私の様にこんな太っちょうではなく、ほっそりとした、丁度泉鏡花さんの小説に出て来る様な、夢の様に美しい方に違いないのでございます。

「私もそれを思わぬではないが」と、門野の声がいうのでございます「いつもいって聞かせる通り私はもう出来るだけのことをして、あの京子を愛しようと努めたのだけれど、悲しいことには、それがやっぱり駄目なのだ。若い時から馴染を重ねたお前のことが、どう思い返しても、思い返しても、私にはあきらめ兼ねるのだ。京子にはお詫のしようもないほど済まぬことだけれど、済まない済まないと思いながら、やっぱり、私はこうして、夜毎にお前の顔を見ないではいられぬのだ。どうか私の切ない心の内を察しておくれ」

　門野の声ははっきりと、妙に切口上に、せりふめいて、私の心に食い入る様に響いて来るのでございます。

「嬉しうございます。あなたの様な美しい方に、あの御立派な奥様をさし置いて、それほどに思って頂くとは、私はまあ、何という果報者でしょう。嬉しうございますわ」

　そして、極度に鋭敏になった私の耳は、女が門野の膝にでももたれたらしい気勢を感じるのでございます。

……………………

　まあ御想像なすっても下さいませ。私のその時の心持がどの様でございましたか。もし今の年でしたら、何の構うことがあるものですか、いきなり、戸を叩き破ってでも、二人のそばへ駈込んで、恨みつらみのありたけを、並べもしたでしょうけれど、何を申すにも、まだ小娘の当時では、とてもその様な勇気が出るものではございません。込み上げて来る悲しさを、袂(たもと)の端で、じっと押えて、おろおろと、その場を立去りも得(え)せず、死ぬる思いを続けたことでございます。

やがて、ハッと気がつきますと、ハタハタと、板の間(いたま)を歩く音がして、誰かが落し戸の方へ近づいて参るのでございます。今ここで顔を合わせては、私にしましても、又先方にしましても、あんまり恥かしいことですから、私は急いで梯子段を下る(おり)と、蔵の外へ出て、その辺の暗闇へ、そっと身をひそめ、一つには、そうして女奴(め)の顔をよく見覚えてやりましょうと、恨みに燃える目をみはったのでございます。ガタガタと、落し戸を開く音がして、パッと明りがさし、雪洞を片手に、それでも足音を忍ばせて下りて来ましたのは、まごう方(かた)なき私の夫、そのあとに続く奴めと、いきまいて待てど暮せど、もうあの人は、蔵の大戸をガラガラと締めて、私の隠れている前を通り過ぎ、庭下駄の音が遠ざかっていったのに、女は下りて来る気勢もないのでございます。

蔵のことゆえ一方口で、窓はあっても、皆金網で張りつめてありますので、外(ほか)に出口はない筈。それが、こんなに待っても、戸の開く気勢も見えぬのは、余りといえば不思議なことでございます。第一、門野が、そんな大切な女を一人あとに残して、立去る訳もありません。これはもしや、長い間の企(たく)らみで、蔵のどこかに、秘密な抜け穴でも拵(こしら)えてあるのではなかろうか。そう思えば、真っ暗な穴の中を、恋に狂った女が、男にあいたさ一心で、怖わさも忘れ、ゴソゴソと匍(は)っている景色が幻の様に目に浮かび、その幽(かす)かな物音さえも聞える様で、私は俄に、そんな闇の中に一人でいるのが怖(こ)わくなったのでございます。また夫が私のいないのを不審に思ってはと、それも気がかりなものですから、兎も角も、その晩は、それだけで、母屋の方へ引返すことにいたしました。

六

それ以来、私は幾度闇夜の蔵へ忍んで参ったことでございましょう。そして、そこで、夫達の様々の睦言を立聞きしては、どの様に、身も世もあらぬ思いをいたしたことでございましょう。その度毎に、どうかして相手の女を見てやりましょうと、色々に苦心をしたのですけれど、いつも最初の晩の通り、蔵から出て来るのは夫の門野だけで、女の姿なぞはチラリとも見えはしないのでございます。ある時はマッチを用意して行きまして、夫が立去るのを見すまし、ソッと蔵の二階へ上って、マッチの光でその辺を探し廻ったこともありましたが、どこへ隠れる暇もないのに、女の姿はもう影もささぬのでございます。またある時は、夫の隙を窺って、昼間、蔵の中へ忍び込み、隅から隅を覗き廻って、もしや抜け道でもありはしないか、又ひょっとして、窓の金網でも破れてはしないかと、様々に検べて見たのですけれど、蔵の中には、鼠一匹逃げ出す隙間も見当たらぬのでございました。

何という不思議でございましょう。それを確めますと、私はもう、悲しさ口惜しさよりも、いうにいわれぬ不気味さに、思わずゾッとしないではいられませんでした。そうしてその翌晩になれば、どこから忍んで参るのか、やっぱり、いつもの艶めかしい囁き声が、夫との睦言を繰返し、又幽霊の様に、いずことも知れず消え去ってしまうのでございます。もしや何かの生霊が、門野に魅入っているのではないでしょうか。生来憂鬱で、どことなく普通の人と違った所のある、蛇を思わせる様な門野には（それ故に又、私はあれほども、あの人に魅せられていたのかも知れません）そうした、生霊という様な、異形のものが、魅入り易いのではありますまいか。などと考えますと、はては、門野自身が、何かこう魔性のものにさえ見え出して、何とも形容の出来ない、変な気持になって参るのでございます。一そのこと、里へ帰って、一伍一什を話そうか、それとも、門野の親御さま達に、このことをお知らせしようか、私は余りの怖わさ不気味さに幾度かそれを決心しかけたのですけれど、でも、まるで雲を摑む様な、怪談めいた事柄を、うかつにいい出しては頭から笑われそうで、却て恥をかく様なことがあってはならぬと、娘心にもヤッと堪えて、一日一日と、その決心を延ばしていたのでございます。考えて見ますと、その時分から、私は随分きかん坊でもあったのでございますわね。

　そして、ある晩のことでございました。私はふと妙なことに気づいたのでございます。それは、蔵の二階で、門野達のいつものおう瀬が済みまして、門野がいざ二階を下りるという時に、パタンと軽く、何かの蓋のしまる音がして、それから、カチカチと錠前でも卸すらしい気勢がしたのでございます。よく考えて見れば、この物音は、ごく幽かではありましたが、いつの晩にも必ず聞いた様に思われるのでございます。蔵の二階でそのような音を立てるものは、そこに幾つも並んでいます長持の外にはありません。さては相手の女は長持の中に隠れているのではないかしら。生きた人間なれば、食事も摂らなければならず、第一、息苦しい長持の中に、そんな長い間忍んでいられよう道理はない筈ですけれど、なぜか、私には、それがもう間違いのない事実の様に思われて来るのでございます。

　そこへ気がつきますと、もうじっとしてはいられません。どうかして、長持の鍵を盗み出して、長持の蓋をあけて、相手の女奴を見てやらないでは気が済まぬのでございます。なあに、いざとなったら、くいついてでも、ひっ掻いてでも、あんな女に負けてなるものか、もうその女が長持の中に隠れているときまりでもした様に、私は歯ぎしりを噛んで、夜のあけるのを待ったものでございます。

その翌日、門野の手文庫から鍵を盗み出すことは、案外易々と成功いたしました。その時分には、私はもうまるで夢中ではありましたけれど、それでも、十九の小娘にしましては、身に余る大仕事でございました。それまでとても、眠られぬ夜が続き、さぞかし顔色も青ざめ、身体も痩せ細っていたことでありましょう。幸い御両親とは離れた部屋に起き伏していましたのと、夫の門野は、あの人自身のことで夢中になっていましたので、その半月ばかりの間を、怪しまれもせず過ごすことが出来たのでございます。さて、鍵を持って、昼間でも薄暗い、冷たい土の匂いのする、土蔵の中へ忍び込んだ時の気持、それがまあ、どんなでございましたか。よくまああの様な真似が出来たものだと、今思えば、一そ不思議な気もするのでございます。

ところが鍵を盗み出す前でしたか、それとも蔵の二階へ上りながらでありましたか、千々に乱れる心の中で、わたしはふと滑稽なことを考えたものでございます。どうでもよいことではありますけれど、ついでに申上げて置きましょうか。それは、先日からのあの話声は、もしや門野が独で、声色を使っていたのではないかという疑いでございました。まるで落し話の様な想像ではありますが、例えば小説を書きますためとか、お芝居を演じますためとかに、人に聞えない蔵の二階で、そっとせりふのやり取りを稽古していらしったのではあるまいか、そして、長持の中には女なぞではなくて、ひょっとしたら、芝居の衣裳でも隠してあるのではないか、という途方もない疑いでございました。ほほほほほ、私はもうのぼせ上っていたのでございますわね。意識が混乱して、ふとその様な、我身に都合のよい妄想が、浮かび上るほど、それほど私の頭は乱れ切っていたのでございます。なぜと申して、あの睦言の意味を考えましても、その様な馬鹿馬鹿しい声色を使う人が、どこの世界にあるものでございますか。

七

門野家は町でも知られた旧家だものですから、蔵の二階には、先祖以来の様々の古めかしい品々が、まるで骨董屋の店先の様に並んでいるのでございます。三方の壁には今申す丹塗りの長持が、ズラリと並び、一方の隅には、昔風の縦に長い本箱が、五つ六つ、その上には、本箱に入り切らぬ黄表紙、青表紙が、虫の食った背中を見せて、ほこりまみれに積み重ねてあります。棚の上には、古びた軸物の箱だとか、大きな紋のついた両掛け、葛籠の類、古めかしい陶器類、それらに混って、異様に目を惹きますのは、鉄漿の道具だという、巨大なお椀の様な塗物、塗り盥、それには皆、年数がたって赤くなってはいますけれど、一々金紋が蒔絵になっているのでございます。それから一番不気味なのは、階段を上ったすぐの所に、まるで生きた人間の様に鎧櫃の上に腰かけている、二つの飾り具足、一つは黒糸縅のいかめしいので、もう一つはあれが緋縅と申すのでしょうか、黒ずんで、所々糸が切れてはいましたけれど、それが昔は、火の様に燃えて、さぞかし立派なものだったのでございましょう。兜もちゃんと頂いて、それに鼻から下を覆う、あの恐ろしい鉄の面までも揃っているのでございます。昼でも薄暗い蔵の中で、それをじっと見ていますと、今にも籠手、脛当が動き出して、丁度頭の上に懸けてある、大身の槍を取るかとも思われ、いきなりキャッと叫んで、逃げ出したい気持さえいたすのでございます。

小さな窓から、金網を越して、淡い秋の光がさしてはいますけれど、その窓があまりに小さいため、蔵の中は、隅の方になると、夜の様に暗く、そこに蒔絵だとか、金具だとかいうものだけが、魑魅魍魎の目の様に、怪しく、鈍く、光っているのでございます。その中で、あの生霊の妄想を思い出しでもしようものなら、女の身で、どうまあ辛抱が出来ましょう。その怖わさ恐ろしさを、やっと堪えて、兎も角も、長持を開くことが出来ましたのは、やっぱり、恋という曲者の強い力でございましょうね。

まさかそんなことがと思いながら、でも何となく薄気味悪くて、一つ一つ長持の蓋を開く時には、からだ中から冷いものがにじみ出し、ハッと息も止まる思いでございました。ところが、その蓋を持上げて、まるで棺桶の中でも覗く気で、思い切って、グッと首を入れて見ますと、予期していました通り、或は予期に反して、どれもこれも古めかしい衣類だとか、夜具、美しい文庫類などが入っているばかりで、何の疑わしいものも出ては来ないのでございます。でも、あの極った様に聞えて来た、蓋のしまる音、錠前のおりる音は、一体何を意味するのでありましょう。おかしい、おかしいと思いながら、ふと目にとまったのは、最後に開いた長持の中に、幾つかの白木の箱がつみ重なっていて、その表に、床しいお家流で「お雛様」だとか「五人囃子」だとか「三人上戸」だとか、書き記してある、雛人形の箱でございました。私は、どこにも怪しいものがいないことを確めて、いくらか安心していたのでもありましょう、その際ながら、女らしい好奇心から、ふとそれらの箱を開けて見る気になりました。

一つ一つ外に取り出して、これがお雛様、これが左近の桜、右近の橘と、見て行くに従って、そこに、樟脳の匂いと一緒に、何とも古めかしく、物懐しい気持が漂って、昔物のきめの濃やかな人形の肌が、いつとなく、私を夢の国へ誘って行くのでございました。私はそうして、暫くの間は、雛人形で夢中になっていましたが、やがてふと気がつきますと、長持の一方の側（がわ）に、外（ほか）のとは違って、三尺以上もある様な長方形の白木の箱が、さも貴重品といった感じで、置かれてあるのでございます。その表には、同じくお家流で「拝領（はいりょう）」と記されてあります。何であろうと、そっと取り出して、それを開いて中の物を一目見ますと、ハッと何かの気に打たれて、私は思わず顔をそむけたのでございます。そして、その瞬間に霊感というのは、ああした場合を申すのでございましょうね、数日来の疑いが、もう、すっかり解けてしまったのでございます。

八

それほど私を驚かせたものが、ただ一個の人形に過ぎなかったと申せば、あなたはきっと「なあんだ」とお笑いなさるかも知れません。ですが、それは、あなたが、まだ本当の人形というものを、昔の人形師の名人が精根を尽くして、拵え上げた芸術品を、御存知ないからでございます。あなたはもしや、博物館の片隅なぞで、ふと古めかしい人形に出あって、その余りの生々（なまなま）しさに、何とも知れぬ戦慄（せんりつ）をお感じなすったことはないでしょうか。それが若（も）し女児（おなご）人形や稚児（ちご）人形であった時には、それの持つ、この世の外（ほか）の夢の様な魅力に、びっくりなすったことはないでしょうか。あなたは御みやげ人形といわれるものの、不思議な凄味（すごみ）を御存知でいらっしゃいましょうか。或は又、往昔衆道（おうせきしゅうどう）の盛んでございました時分、好き者達が、馴染の色若衆の似顔人形を刻ませて、日夜愛撫したという、あの奇態な事実を御存知でいらっしゃいましょうか。いいえ、その様な遠いことを申さずとも、例えば、文楽（ぶんらく）の浄瑠璃（じょうるり）人形にまつわる不思議な伝説、近代の名人安本亀八の生人形なぞを御承知でございましたなら、私がその時、ただ一個の人形を見て、あの様に驚いた心持を、十分御察し下さることが出来ると存じます。

私が長持の中で見つけました人形は後になって、門野のお父さまに、そっと御尋ねして知ったのでございますが、殿様から拝領の品とかで、安政の頃の名人形師立木と申す人の作と申すことでございます。俗に京人形と呼ばれておりますけれど、実は浮世人形とやらいうものなそうで、身の丈三尺余り、十歳ばかりの小児の大きさで、手足も完全に出来、頭には昔風の島田を結い、昔染の大柄友染が着せてあるのでございます。これも後に伺ったのですけれど、それが立木という人形師の作風なのだそうで、そんな昔の出来にも拘らず、その女児人形は、不思議と近代的な顔をしているのでございます。真ッ赤に充血して何かを求めている様な、厚味のある唇、唇の両脇で二段になった豊頬、物いいたげにパッチリ開いた二重瞼、その上に大様に頬笑んでいる濃い眉、そして何よりも不思議なのは、羽二重で紅綿を包んだ様に、ほんのりと色づいている、微妙な耳の魅力でございました。その花やかな、情慾的な顔が、時代のために幾分色があせて、唇の外は妙に青ざめ、手垢がついたものか、滑かな肌がヌメヌメと汗ばんで、それゆえに、一層悩ましく、艶かしく見えるのでございます。

薄暗く、樟脳臭い、土蔵の中で、その人形を見ました時には、ふっくらと恰好よくふくらんだ乳のあたりが、呼吸をして、今にも唇がほころびそうで、その余りの生々しさに私はハッと身震を感じたほどでありました。

まあ何ということでございましょう、私の夫は、命のない、冷たい人形を恋していたのでございます。この人形の不思議な魅力を見ましては、もう、その外に謎の解き様はありません。人嫌いな夫の性質、蔵の中の睦言、長持の蓋のしまる音、姿を見せぬ相手の女、色々の点を考え合せて、その女と申すのは、実はこの人形であったと解釈する外はないのでございます。

これは後になって、二三の方から伺ったことを、寄せ集めて、想像しているのでございますが、門野は生れながらに夢見勝ちな、不思議な性癖を持っていて、人間の女を恋する前に、ふとしたことから、長持の中の人形を発見して、それの持つ強い魅力に魂を奪われてしまったのでございましょう。あの人は、ずっと最初から、蔵の中で本なぞ読んではいなかったのでございます。ある方から伺いますと、人間が人形とか仏像とかに恋したためしは、昔から決して少くはないと申します。不幸にも私の夫がそうした男で、更に不幸なことには、その夫の家に偶然稀代の名作人形が保存されていたのでございます。

人でなしの恋、この世の外の恋でございます。その様な恋をするものは、一方では、生きた人間では味わうことの出来ない、悪夢の様な、或は又お伽噺の様な、不思議な歓楽に魂をしびらせながら、しかし又一方では、絶え間なき罪の苛責に責められて、どうかしてその地獄を逃れたいと、あせりもがくのでございます。門野が、私を娶ったのも、無我夢中に私を愛しようと努めたのも、皆そのはかない苦悶の跡に過ぎぬのではございませんか。そう思えば、あの睦言の「京子に済まぬ云々」という、言葉の意味も解けて来るのでございます。夫が人形のために女の声色を使っていたことも、疑う余地はありません。ああ、私は、何という月日の下に生れた女でございましょう。

九

さて、私の懺悔(ざんげ)話と申しますのは、実はこれからあとの、恐ろしい出来事についてでございます。長々とつまらないおしゃべりをしました上に「まだ続きがあるのか」と、さぞうんざりなさいましょうが、いいえ、御心配には及びません。その要点と申しますのは、ほんの僅かな時間で、すっかりお話出来ることなのでございますから。

びっくりなすってはいけません。その恐ろしい出来事と申しますのは、実はこの私が人殺しの罪を犯したお話でございます。その様な大罪人が、どうして処罰をも受けないで安穏(あんのん)に暮しているかと申しますと、その人殺しは私自身直接に手を下した訳でなく、いわば間接の罪なものですから、たとえあの時私がすべてを自白していましても、罪を受けるほどのことはなかったのでございます。とはいえ、法律上の罪はなくとも、私は明かにあの人を死に導いた下手人(げしゅにん)でございます。それを、娘心のあさはかにも、一時の恐れにとりのぼせて、つい白状しないで過ごしましたことは、返す返すも申訳(もうしわけ)なく、それ以来ずっと今日(こんにち)まで、私は一夜としてやすらかに眠ったことはありません。今こうして懺悔話をいたしますのも、亡き夫への、せめてもの罪亡(つみほろ)ぼしでございます。

しかし、その当時の私は、恋に目がくらんでいたのでございましょう。私の恋敵(こいがたき)が、相手もあろうに生きた人間ではなくて、いかに名作とはいえ、冷い一個の人形だと分りますと、そんな無生(むしょう)の泥人形に見返られたかと、もう口惜しくて口惜しくて、口惜しいよりは畜生道(ちくしょうどう)の夫の心が浅間(あさま)しく、もしこの様な人形がなかったなら、こんなことにもなるまいと、はては立木という人形師さえうらめしく思われるのでございます。エエ、ままよこの人形奴（め）の、艶かしい這面（しゃっつら）を、叩きのめし、手足を引（ひっ）ちぎってしまったなら、門野とてまさか相手のない恋も出来はすまい。そう思うと、もう一ときも猶予（ゆうよ）がならず、その晩、念のために、もう一度夫と人形とのおう瀬を確めた上、翌早朝、蔵の二階へ駈上って、とうとう人形を滅茶滅茶（めちゃめちゃ）に引ちぎり目も鼻も口も分らぬ様に叩きつぶしてしまったのでございます。こうして置いて、夫のそぶりを注意すれば、まさかそんな筈はないのですけれど私の想像が間違っていたかどうかも分る訳なのでございます。

　そうして丁度人間の轢死人（れきしにん）の様に、人形の首、胴、手足とばらばらになって、昨日に変る醜いむくろをさらしているのを見ますと、私はやっと胸をさすることが出来たのでございます。

十

　その夜、何も知らぬ門野は、又しても私の寐息（ねいき）を窺いながら、雪洞をつけて、縁外（えんそと）の闇へと消えました。申すまでもなく人形とのおう瀬を急ぐのでございます。私は眠ったふりをしながら、そっとその後姿を見送って、一応は小気味のよい様な、しかし又何となく悲しい様な、不思議な感情を味わったことでございます。

　人形の死骸を発見した時、あの人はどの様な態度を示すでしょう。異常な恋の恥かしさに、そっと人形のむくろを取り片づけて、そ知らぬふりをしているか、それとも、下手人を探し出して、怒（おこ）りつけるか、怒（いか）りのまま叩かれようと、怒鳴（どな）られようと、もしそうであったなら、私はどんなに嬉しかろう。門野が怒るからには、あの人は人形と恋なぞしていなかったしるしなのですもの。私はもう気もそぞろに、じっと耳をすまして、土蔵の中の気勢を窺ったのでございます。

そうして、どれほど待ったことでしょう。待っても待っても、夫は帰って来ないのでございます。壊れた人形を見た上は、蔵の中に何の用事もない筈のあの人が、もういつもほどの時間もたったのになぜ帰って来ないのでしょう。もしかしたら、相手はやっぱり人形ではなくて、生きた人間だったのでありましょうか。それを思うと気が気でなく、私はもう辛抱がしきれなくて、床から起き上りますと、もう一つの雪洞を用意して、闇のしげみを蔵の方へと走るのでございました。

蔵の梯子段を駈上りながら、見れば例の落し戸は、いつになく開いたまま、それでも上には雪洞がともっていると見え、赤茶けた光りが、階段の下までも、ぼんやり照しております。ある予感にハッと胸を躍らせて、一飛びに階上へ飛上って、「旦那様」と叫びながら、雪洞のあかりにすかして見ますと、ああ私の不吉な予感は適中したのでございました。そこには夫のと、人形のと、二つのむくろが折り重なって、板の間は血潮の海、二人のそばに家重代の名刀が、血を啜ってころがっているのでございます。人間と土くれとの情死、それが滑稽に見えるどころか、何とも知れぬ厳粛なものが、サーッと私の胸を引しめて、声も出ず涙も出ず、ただもう茫然と、そこに立ちつくす外はないのでございました。

見れば、私に叩きひしがれて、半残った人形の唇から、さも人形自身が血を吐いたかの様に、血潮の飛沫が一しずく、その首を抱いた夫の腕の上へタラリと垂れて、そして人形は、断末魔の不気味な笑いを笑っているのでございました。

木馬は廻る

「ここはお国を何百里、離れて遠き満洲(まんしゅう)の……」

ガラガラ、ゴットン、ガラガラ、ゴットン、廻転木馬は廻(まわ)るのだ。

今年五十幾歳(いくさい)の格二郎(かくじろう)は、好きからなったラッパ吹きで、昔はそれでも、郷里の町の活動館の花形音楽師だったのが、やがてはやり出した管絃楽というものに、けおされて、「ここはお国」や「風と波と」では、一向(いっこう)雇い手がなく、遂には披露目やの、徒歩楽隊となり下って、十幾年の長(なが)の年月(としつき)を荒い浮世(うきよ)の波風に洗われながら、日にち毎日、道行く人の嘲笑(ちょうしょう)の的(まと)となって、でも、好きなラッパが離されず、仮令(たとい)離そうと思ったところで、外(ほか)にたつきの道とてはなく、一つは好きの道、一つは仕様事(しようこと)なしの、楽隊暮しを続けているのだった。

それが、去年の末、披露目やから差向けられて、この木馬館へやって来たのが縁となり、今では常傭(じょうやと)いの形で、ガラガラ、ゴットン、ガラガラ、ゴットン、廻る木馬の真中の、一段高い台の上で、台には紅白の幔幕(まんまく)を張り廻(めぐ)らし、彼等の頭の上からは、四方に万国旗が延びている、そのけばけばしい装飾台の上で、金モールの制服に、赤ラシャの楽隊帽、朝から晩まで、五分毎(ごと)に、監督さんの合図の笛がピリピリと鳴り響く毎に、「ここはお国を何百里、離れて遠き満洲の……」と、彼の自慢のラッパをば、声はり上げて吹き鳴らすのだ。

世の中には、妙な商売もあったものだな。一年三百六十五日、手垢(てあか)で光った十三匹の木馬と、クッションの利(き)かなくなった五台の自動車と、三台の三輪車と、背広服の監督さんと、二人の女切符(きっぷ)切りと、それが、廻り舞台の様な板の台の上でうまずたゆまず廻っている。すると、嬢(じょう)っちゃんや坊ちゃんが、お父さんやお母さんの手を引っぱって、大人は自動車、子供は木馬、赤ちゃんは三輪車そして、五分間のピクニックをば、何とまあ楽し相に乗り廻していることか。藪入りの小僧さん、学校帰りの腕白、中には色気盛りの若い衆までが「ここはお国を何百里」と、喜び勇んで、お馬の背中で躍るのだ。

すると、それを見ているラッパ吹きも、太鼓叩きも、よくもまあ、あんな仏頂面がしていられたものだと、よそ目には滑稽にさえ見えているのだけれど、彼等としては、そうして思い切り頬をふくらしてラッパを吹きながら、撥を上げて太鼓を叩きながら、いつの間にやら、お客様と一緒になって、木馬の首を振る通りに楽隊を合せ、無我夢中で、メリイ、メリイ、ゴー、ラウンドと、彼等の心も廻るのだ。廻れ廻れ、時計の針の様に、絶えまなく。お前が廻っている間は、貧乏のことも、古い女房のことも、鼻たれ小僧の泣き声も、南京米のお弁当のことも、梅干一つのお菜のことも、一切がっさい忘れている。この世は楽しい木馬の世界だ。そうして今日も暮れるのだ。明日も、あさってても暮れるのだ。

毎朝六時がうつと、長屋の共同水道で顔を洗って、ポンポンと、よく響く拍手で、今日様を礼拝して、今年十二歳の、学校行きの姉娘が、まだ台所でごてごてしている時分に、格二郎は、古女房の作ってくれた弁当箱をさげて、いそいそと木馬館へ出勤する。姉娘がお小遣をねだったり、癇持ちの六歳の弟息子が泣きわめいたり、何ということだ、彼にはその下にまだ三歳の小せがれさえあって、それが古女房の背中で鼻をならしたり、そこへ持って来て、当の古女房までが、頼母子講の月掛けが払えないといっては、ヒステリィを起したり、そういうもので充たされた、裏長屋の九尺二間をのがれて、木馬館の別天地へ出勤することは、彼にはどんなにか楽しいものであったのだ。そして、その上に、あの青いペンキ塗りの、バラック建ての木馬館には、「ここはお国を何百里」と日ねもす廻る木馬の外に、吹きなれたラッパの外に、もう一つ、彼を慰めるものが、待っていさえしたのである。

木馬館では、入口に切符売場がなくて、お客様は、勝手に木馬に乗ればよいのだ。そして半分程も木馬や自動車がふさがって了うと、監督さんが笛を吹く、ドンガラガッガと木馬が廻る、すると二人の青い布の洋服みたいなものを着た女達が、肩から車掌の様な鞄をさげて、お客様の間を廻り歩き、お金と引換えに切符を切って渡すのだ。その女車掌の一方は、もう三十を大分過ぎた、彼の仲間の太鼓叩きの女房で、おさんどんが洋服を着た格好なのだが、もう一方のは十八歳の小娘で、無論木馬館へ雇われる程の娘だから、とてもカフェの女給の様に美しくはないけれど、でも女の十八と云えば、やっぱり、どことなく人を惹きつける所があるものだ。青い木綿の洋服が、しっくり身について、それの小皺の一つ一つにさえ豊な肉体のうねりが、艶かしく現れているのだし、青春の肌の薫りが、木綿を通してムッと男の鼻をくすぐるのだし、そして、きりょうはと云えば、美しくはないけれど、どことなくいとしげで、時々は、大人の客が切符を買いながら、からかって見ることもあり、そんな場合には、娘の方でも、ガクンガクンと首を振る、木馬のたてがみに手をかけて、いくらか嬉し相にからかわれてもいたのである。名はお冬といって、それが格二郎の、日毎の出勤を楽しくさせた所の、実を云えば、最も主要な原因であったのだ。

年齢がひどく違っている上に、彼の方にはチャンとした女房もあり、三人の子供まで出来ている、それを思えば、「色恋」の沙汰は余りに恥しく、事実また、その様な感情からではなかったのかも知れないけれど、格二郎は、毎朝、煩わしい家庭をのがれて、木馬館に出勤して、お冬の顔を一目見ると、妙に気持がはればれしくなり、口を利き合えば、青年の様に胸が躍って、年にも似合わず臆病になって、それ故に一層嬉しく、若し彼女が欠勤でもすれば、どんなに意気込んでラッパを吹いても、何かこう気が抜けた様で、あの賑かな木馬館が、妙にうそ寒く物淋しく思われるのであった。

どちらかと云えば、みすぼらしい、貧乏娘のお冬を、彼がそんな風に思う様になったのは、一つは己れの年を顧みて、そのみすぼらしい所が、却って、気安く、ふさわしく感じられもしたのであろうが、又一つには、偶然にも、彼とお冬とが同じ方角に家を持っていて、館がはねて帰る時には、いつも道連れになり、口を利き合う機会が多く、お冬の方でも、なついて来れば、彼の方でも、そんな小娘と仲をよくすることを、そう不自然に感じなくても済むという訳であった。

「じゃあ、またあしたね」

そして、ある四つ辻で別れる時には、お冬は極った様に、少し首をかしげて、多少甘ったるい口調で、この様な挨拶をしたのである。

「ああ、あしたね」

すると格二郎も、一寸子供になって、あばよ、しばよ、という様な訳で、弁当箱をガチャガチャ云わせて、手をふりながら挨拶するのだ。そして、お冬のうしろ姿を、それが決して美しい訳ではないのだが、むしろ余りにみすぼらしくさえあるのだが、眺め眺め、幽かに甘い気持にもなるのであった。

お冬の家の貧乏も、彼の家のと、大差のないことは、彼女が館から帰る時に、例の青木綿の洋服をぬいで、着換えをする着物からでも、充分に想像することが出来るのだし、又彼と道づれになって、露店の前などを通る時、彼女が目を光らせて、さも欲し相に覗いている装身具の類を見ても、「あれ、いいわねえ」などと、往来の町家の娘達の身なりを羨望する言葉を聞いても、可哀相に彼女のお里は、すぐに知れて了うのであった。

だから、格二郎にとって、彼女の歓心を買うことは、彼の軽い財布を以てしても、ある程度まではさして難しい訳でもないのだ。一本の花かんざし、一杯のおしるこ、そんなものにでも、彼女は充分、彼の為に可憐な笑顔を見せて呉れるのであった。

「これ、駄目でしょ」彼女はある時、彼女の肩にかかっている流行おくれのショールを、指の先でもてあそびながら云ったものである。だから、無論それはもう寒くなり始めた頃なのだが「おとしのですもの、みっともないわね。あたしあんなのを買うんだわ。ね、あれいいでしょ。あれが今年のはやりなのよ」彼女はそう云って、ある洋品店の、ショーウインドウの中の立派なのではなくて、軒の下に下っている、値の安い方のを指しながら、「ああ、早く月給日が来ないかな」とため息をついたものである。

成る程、これが今年の流行だな。格二郎は始めてそれに気がついて、お冬の身にしては、さぞ欲しいことであろう。若し安いものなら財布をはたいて買ってやってもいい、そうすれば彼女はまあどんな顔をして喜ぶだろう。と軒下へ近づいて、正札を見たのだが、金七円何十銭というのに、迚も彼の手に合わないことを悟ると、同時に、彼自身の十二歳の娘のことなども思い出されて、今更ながら、この世が淋しくなるのであった。

その頃から、彼女は、ショールのことを口にせぬ日がない程に、それを彼女自身のものにするのを、つまり月給を貰う日を待ち兼ねていたものだ。ところが、それにも拘らず、さて月給日が来て二十幾円かの袋を手にして、帰り途で買うのかと思っていると、そうではなくて、彼女の収入は、一度全部母親に手渡さなければならないらしく、そのまま例の四辻で、彼と別れたのだが、それから、今日は新しいショールをして来るか、明日は、かけて来るかと、格二郎にしても、我事の様に待っていたのだけれど、一向その様子がなく、やがて半月程にもなるのに、妙なことには、彼女はその後少しもショールのことを口にしなくなり、あきらめ果てたかの様に、例の流行おくれの品を肩にかけて、でも、しょっちゅう、つつましやかな笑顔を忘れないで、木馬館への通勤を怠らぬのであった。

その可憐な様子を見ると、格二郎は、彼自身の貧乏についても、嘗て抱いたこともない、ある憤りの如きものを感じぬ訳には行かなかった。僅か七円何十銭のおあしが、そうかと云って、彼にもままにならぬことを思うと、一層むしゃくしゃしないではいられなかった。

「やけに、鳴らすね」

彼の隣に席をしめた、若い太鼓叩きが、ニヤニヤしながら彼の顔を見た程も、彼は、滅茶苦茶にラッパを吹いて見た。「どうにでもなれ」というやけくそな気持ちだった。いつもは、クラリネットに合せて、それが節を変えるまでは、同じ唱歌を吹いているのだが、その規則を破って、彼のラッパの方からドシドシ節を変えて行った。

「金比羅舟々、……おいてに帆かけて、しゅらしゅしゅしゅ」

と彼は首をふりふり、吹き立てた。

「奴さん、どうかしてるぜ」

外の三人の楽隊達が、思わず目を見合せて、この老ラッパ手の、狂燥を、いぶかしがった程である。

それは、ただ一枚のショールの問題には止まらなかった。日頃のあらゆる憤懣が、ヒステリィの女房のこと、やくざな子供達のこと、貧乏のこと、老後の不安のこと、も早や帰らぬ青春のこと、それらが、金比羅舟々の節廻しを以て、やけにラッパを鳴らすのであった。

　そして、その晩も亦、公園をさまよう若者達が「木馬館のラッパが、馬鹿によく響くではないか。あのラッパ吹き奴、きっと嬉しいことでもあるんだよ」と、笑い交す程も、それ故に、格二郎は、彼とお冬との歎きをこめて、いやいや、そればかりではないのだ、この世のありとある、歎きの数々を一管のラッパに託して、公園の隅から隅まで響けとばかり、吹き鳴らしていたのである。

　無神経の木馬共は、相変らず時計の針の様に、格二郎達を心棒にして、絶え間もなく廻っていた。それに乗るお客達も、それを取まく見物達も、彼等も亦、あの胸の底には、数々の苦労を秘めているのであろうか、でも、上辺はさも楽し相に、木馬と一緒に首をふり、楽隊の調子に合せて足を踏み、「風と波とに送られて……」と、しばし浮世の波風を、忘れ果てた様である。

　だが、その晩は、この何の変化もない、子供と酔っぱらいのお伽の国に、というよりは、老ラッパ手格二郎の心に、少しばかりの風波を、齎すものがあったのである。

　あれは、公園雑沓の最高潮に達する、夜の八時から九時の間であったかしら、その頃は木馬を取りまく見物も、大げさに云えば黒山の様で、そんな時に限って、生酔いの職人などが、木馬の上で妙な格好をして見せて、見物の間に、なだれの様な笑い声が起るのだが、そのどよめきをかき分けて、決して生酔いではない、一人の若者が、丁度止った木馬台の上へヒョイと飛びのったものである。

　仮令、その若者の顔が少しばかり青ざめていようと、そぶりがそわそわしていようと、雑沓の中で、誰気づく者もなかったが、ただ一人、装飾台の上の格二郎丈けは、若者の乗った木馬が丁度彼の目の前にあったのと、乗るがいなや、待兼ねた様に、お冬がそこへ駈けつけて、切符を切ったのとで、つまり半ばねたみ心から、若者の一挙一動を、ラッパを吹きながら正面を切った、その眼界の及ぶ限り、謂わば見張っていたのである。どうした訳か、切符を切って、もう用事は済んだ筈なのに、お冬は若者の側から立去らず、そのすぐ前の自動車の凭れに手をかけて、思わせぶりに身体をくねらせて、じっとしているのが、彼にしては、一層気に懸りもしたのであろうか。

が、その彼の見張りが、決して無駄でなかったことには、やがて木馬が二廻りもしない間に、木馬の上で、妙な格好で片方の手を懐中に入れていた若者が、その手をスルスルと抜き出して、目は何食わぬ顔で外の方を見ながら、前に立っているお冬の洋服の、お尻のポケットへ、何か白いものを、それが格二郎には、確かに封筒だと思われたのだが、手早くおし込んで、元の姿勢に帰ると、ホッと安心のため息を洩した様に見えたのだ。

「附文かな」

ハッと息を呑んで、ラッパを休んで、格二郎の目は、お冬のお尻へ、そこのポケットから封筒らしいものの端が、糸の様に見えているのだが、それに釘づけにされた形であった。若し彼が、以前の様に冷静であったなら、その若者の、顔は綺麗だが、いやに落ちつきのない目の光りだとか、異様にそわそわした様子だとか、それから又、見物の群衆に混って、若者の方を意味ありげに睨んでいる顔なじみの角袖の姿などに、気づいたでもあろうけれど、彼の心は、もっと外の物で充たされていたものだから、それどころではなく、ただもうねたましさと云い知れぬ淋しさで、胸が一杯なのだ。だから若者のつもりでは、角袖の眼をくらまそうとして、さも平気らしく、そばのお冬に声をかけて見たり、はては、からかったりしているのが、格二郎には一層腹立たしくて、悲しくて、それに又、あのお冬奴、いい気になって、いくらか嬉しそうにさえして、からかわれている様子はない。ああ、俺は、どこに取柄があってあんな恥知らずの、貧乏娘と仲よしになったのだろう。馬鹿奴、馬鹿奴、お前は、あのすべた奴に、若し出来れば、七円何十銭のショールを買ってやろうとさえしたではないか。ええ、どいつもこいつも、くたばってしまえ。

「赤い夕日に照らされて、友は野末の石の下、」

そして、彼のラッパは益々威勢よく、益々快活に鳴り渡るのである。

さて、暫くして、ふと見ると、もう若者はどこへ行ったか、影もなく、お冬は、外の客の側に立って、何気なく、彼女の勤めの切符切りにいそしんでいる。そして、そのお尻のポケットには、やっぱり糸の様な封筒の端が見えているのだ。彼女は附文されたことなど少しも知らないでいるらしい。それを見ると、格二郎は又しても、未練がましく、そうなると、やっぱり無邪気に見える彼女の様子がいとしくて、あの綺麗な若者と競争をして、打勝つ自信などは毛頭ないのだけれど、出来ることなら、せめて一日でも二日でも、彼女との間柄を、今まで通り混り気のないものにして置きたいと思うのである。

若しお冬が附文を読んだなら、そこには、どうせ歯の浮く様な殺し文句が並べてあるのだろうが、世間知らずの彼女にしては、恐らく生れて始めての恋文でもあろうし、それに相手があの若者であって見れば、（その時分外に若い男のお客なぞはなく、殆ど子供と女ばかりだったので、附文の主は立所に分る筈だ）どんなにか胸躍らせ、顔をほてらせて、甘い気持になることであろう。それからは、定めし物思い勝ちになって、彼とも以前の様には口を利いても呉れなかろう。ああ、そうだ、一層のこと、折を見て、彼女があの附文を読まない先に、そっとポケットから引抜いて、破り捨てて了おうかしら。無論、その様な姑息な手段で、若い男女の間を裂き得ようとも思わぬけれど、でもたった今宵一よさでも、これを名残(なご)りに元のままの清い彼女と言葉が交して置きたかった。

　それからやがて十時頃でもあったろうか。活動館がひけたかして、一しきり館の前の人通りが賑やかになったあとは、一時にひっそりとして了って、見物達も、公園生(は)え抜(ぬ)きのチンピラ共の外は、大抵(たいてい)帰って了い、お客様も二三人来たかと思うと、あとが途絶(とだ)える様になった。そうなると、館員達は帰りを急いで、中には、そっと板囲いの中の洗面所へ、帰支度(かえりじたく)の手を洗いに入ったりするのである。格二郎も、お客の隙を見て、楽隊台を降りて、別に手を洗う積(つも)りはなかったけれど、お冬の姿が見えぬので、若しや洗面所ではないかと、その板囲いの中へ入って見た。すると、偶然にも、丁度お冬が洗面台に向うむきになって、一生懸命顔を洗っている、そのムックリふくらんだお尻の所に、さい前(ぜん)の附文が、半分ばかりもはみ出して、今にも落ち相に見えるのだ。格二郎は、最初からその気で来たのではなかったけれど、それを見るとふと抜取る心になって、

「お冬坊、手廻しがいいね」

と云いながら、何気なく彼女の背後(うしろ)に近寄り、手早く封筒を引抜くと、自分のポケットへ落し込んだ。

「アラ、びっくりしたわ。アア、おじさんなの、あたしゃ又、誰かと思った」

すると彼女は、何か彼がいたずらでもしたのではないかと気を廻して、お尻を撫(な)で廻しながら、ぬれた顔をふり向けるのであった。

「まあ、たんと、おめかしをするがいい」

　彼はそう云い捨てて、板囲いを出ると、その隣の機械場の隅に隠れて、抜取った封筒を開いて見た。と、今それをポケットから出す時に、ふと気がついたのだが、手紙にしては何だか少し重味が違う様に思わ

れるのだ。で、急いで封筒の表を見たが、宛名は、妙なことには、お冬ではなくて、四角な文字で、難しい男名前が記(しる)され、裏はと見ると、どうしてこれが恋文なものか、活版刷りで、どこかの会社の名前が、所番地、電話番号までも、こまごまと印刷されてあるのだった。そして、中味は、手の切れる様な十円札が、ふるえる指先で勘定(かんじょう)して見ると、丁度十枚、外でもない、それは何人(なにびと)かの月給袋なのである。

一瞬間、夢でも見ているか、何か飛んでもない間違いを仕出来(しでか)した感じで、ハッとうろたえたけれど、よくよく考えて見れば、一途(いちず)に附文だと思い込んだのが彼の誤りで、さっきの若者は、多分スリででもあったのか、そして、巡査に睨まれて、逃げ場に困り、暢気(のんき)相に木馬に乗ってごまかそうとしたのだけれど、まだ不安なので、スリ取ったこの月給袋を、丁度前にいたお冬のポケットにそっと入れて置いたものに相違ない、ということが分って来た。

すると、その次の瞬間には、彼は何か大儲(おおもう)けをした様な気持ちになって来るのであった。名前が書いてあるのだから、スラれた人は分っているけれど、どうせ当人はあきらめているだろうし、スリの方にしても、自分の身体の危いことだから、まさか、あれは俺のだと云って、取返しに来ることもなかろう。若し来た所で、知らぬと云えば、何の証拠もないことだ。それに本人のお冬は実際少しも知らないのだから、結局うやむやに終って了うのは知れている。とすると、この金は俺の自由に使ってもいい訳だな。

だが、それでは、今日(こんにち)さまに済むまいぞ。勝手な云い訳をつけて見た所で、結局は盗人(ぬすびと)の上前をはねることだ。今日さまは見通しだ。どうしてそのまま済むものか。だが、お前は、そうしてお人好(よ)しにビクビクしていたばっかりに、今日(きょう)が日まで、このみじめな有様を続けているのではないか。天から授(さず)かったこのお金を、むざむざ捨てることがあるものか。済む済まぬは第二として、これだけの金があれば、あの可哀相な、いじらしいお冬の為に、思う存分の買物がしてやれるのだ。いつか見たショーウィンドウの高い方のショールや、あの子の好きな臙脂色(えんじいろ)の半襟(はんえり)や、ヘヤピンや、それから帯だって、着物だって、倹約をすれば一通りは買い揃えることが出来るのだ。

そうして、お冬の喜ぶ顔を見て、真(しん)から感謝をされて、一緒に御飯でもたべたら……ああ、今俺には、ただ決心さえすれば、それがなんなく出来るのだ。ああ、どうしよう、どうしよう。

と、格二郎は、その月給袋を胸のポケット深く納めて、その辺をうろうろと行ったり来たりするのであった。

「アラ、いやなおじさん。こんな所で何をまごまごしてるのよ」

それが仮令安白粉(やすおしろい)にもせよ。のびが悪くて顔がまだらに見えるにもせよ。兎も角、お冬がお化粧をして、洗面所から出て来たのを見ると、そして、彼にしては胸の奥をくすぐられる様なその声を聞くと、ハッと妙な気になって、夢の様に、彼はとんでもないことを口走ったのである。

「オオ、お冬坊、今日は帰りに、あのショールを買ってやるぞ。俺は、ちゃんと、そのお金を用意して来ているのだ。どうだ。驚いたか」

だが、それを云って了うと、外(ほか)の誰にも聞えぬ程の小声ではあったものの、思わずハッとして、口を蓋(ふた)したい気持だった。

「アラ、そうお、どうも有難う」

ところが、可憐なお冬坊は、外の娘だったら、何とか常談口(じょうだんぐち)の一つも利いて、からかい面(づら)をしようものを、すぐ真(ま)に受けて、真から嬉しそうに、少しはにかんで、小腰をかがめさえしたものだ。となると、格二郎も今更ら後へは引かれぬ訳である。

「いいとも、館がはねたら、いつもの店で、お前のすきなのを買ってやるよ」

でも、格二郎は、さも浮々と、そんなことを受合いながらも、一つには、いい年をした爺さんが、こうして、十八の小娘に夢中になっているかと思うと、消えて了い度い程恥しく、一こと物を云ったあとでは、何とも形容の出来ぬ、胸の悪くなる様な、はかない様な、寂しい様な、変な気持に襲われるのと、もう一つは、その恥しい快楽を、自分の金でもあることか、泥棒のうわ前をはねた、不正の金によって、得ようとしている浅間しさ、みじめさが、じっとしていられぬ程に心を責め、お冬のいとしい姿の向うには、古女房のヒステリィ面、十二を頭に三人の子供達のおもかげ、そんなものが、頭の中を万字巴とかけ巡って、最早物事を判断する気力もなく、ままよ、なる様になれとばかり、彼は突如として大声に叫び出すのであった。

「機械場のお父つぁん、一つ景気よく馬を廻しておくんなさい。俺あ一度こいつに乗って見たくなった。お冬坊、手がすいているなら、お前も乗んな、そっちのおばさん、いや失敬失敬、お梅さんも、乗んなさい。ヤア、楽隊屋さん。一つラッパ抜きで、やっつけて貰おうかね」

「馬鹿馬鹿しい。お止しよ。それよか、もう早く片づけて帰ることにしようじゃないか」

お梅という年増の切符切りが、仏頂面をして応じた。

「イヤ、なに、今日はちっとばかり、心嬉しいことがあるんだよ。ヤア、皆さん、あとで一杯ずつおごりますよ。どうです。一つ廻してくれませんか」

「ヒヤヒヤ、よかろう。お父つぁん、一廻し廻してやんな。監督さん、合図の笛を願いますぜ」

太鼓叩きが、お調子にのって怒鳴(どな)った。

「ラッパさん、今日はどうかしているね。だが余り騒がない様に頼みますぜ」

監督さんが苦笑いをした。

で結局、木馬は廻り出したものだ。

「サア、一廻り、それから、今日は俺がおごりだよ。お冬坊も、お梅さんも、監督さんも、木馬に乗った乗った」

酔っぱらいの様になった格二郎の前を、背景の、山や川や海や、木立や、洋館の遠見(とおみ)なぞが、丁度汽車の窓から見る様に、うしろへ、うしろへと走り過ぎた。

「バンザーイ」

たまらなくなって、格二郎は木馬の上で両手を拡(ひろ)げると、万歳(ばんざい)を連呼した。ラッパ抜きの変妙な楽隊が、それに和(わ)して鳴り響いた。

「ここはお国を何百里、離れて遠き満洲の……」

そして、

ガラガラ、ゴットン、ガラガラ、ゴットン、廻転木馬は廻るのだ。

押絵と旅する男

　この話が私の夢か私の一時的狂気の幻でなかったならば、あの押絵と旅をしていた男こそ狂人であったに相違ない。だが、夢が時として、どこかこの世界と喰違った別の世界を、チラリと覗かせてくれる様に、又狂人が、我々の全く感じ得ぬ物事を見たり聞いたりすると同じに、これは私が、不可思議な大気のレンズ仕掛けを通して、一刹那、この世の視野の外にある、別の世界の一隅を、ふと隙見したのであったかも知れない。

　いつとも知れぬ、ある暖かい薄曇った日のことである。その時、私は態々魚津へ蜃気楼を見に出掛けた帰り途であった。私がこの話をすると、時々、お前は魚津なんかへ行ったことはないじゃないかと、親しい友達に突っ込まれることがある。そう云われて見ると、私は何時の何日に魚津へ行ったのだと、ハッキリ証拠を示すことが出来ぬ。それではやっぱり夢であったのか。だが私は嘗て、あのように濃厚な色彩を持った夢を見たことがない。夢の中の景色は、映画と同じに、全く色彩を伴わぬものであるのに、あの折の汽車の中の景色丈けは、それもあの毒々しい押絵の画面が中心になって、紫と臙脂の勝た色彩で、まるで蛇の眼の瞳孔の様に、生々しく私の記憶に焼ついている。着色映画の夢というものがあるのであろうか。

　私はその時、生れて初めて蜃気楼というものを見た。蛤の息の中に美しい龍宮城の浮んでいる、あの古風な絵を想像していた私は、本物の蜃気楼を見て、膏汗のにじむ様な、恐怖に近い驚きに撃たれた。

　魚津の浜の松並木に豆粒の様な人間がウジャウジャと集まって、息を殺して、眼界一杯の大空と海面とを眺めていた。私はあんな静かな、唖の様にだまっている海を見たことがない。日本海は荒海と思い込んでいた私には、それもひどく意外であった。その海は、灰色で、全く小波一つなく、無限の彼方にまで打続く沼かと思われた。そして、太平洋の海の様に、水平線はなくて、海と空とは、同じ灰色に溶け合い、厚さの知れぬ靄に覆いつくされた感じであった。空だとばかり思っていた、上部の靄の中を、案外にもそこが海面であって、フワフワと幽霊の様な、大きな白帆が滑って行ったりした。

蜃気楼とは、乳色のフィルムの表面に墨汁をたらして、それが自然にジワジワとにじんで行くのを、途方もなく巨大な映画にして、大空に映し出した様なものであった。

遙かな能登半島の森林が、喰違った大気の変形レンズを通して、すぐ目の前の大空に、焦点のよく合わぬ顕微鏡の下の黒い虫みたいに、曖昧に、しかも馬鹿馬鹿しく拡大されて、見る者の頭上におしかぶさって来るのであった。それは、妙な形の黒雲と似ていたけれど、黒雲なればその所在がハッキリ分っているに反し、蜃気楼は、不思議にも、それと見る者との距離が非常に曖昧なのだ。遠くの海上に漂う大入道の様でもあり、ともすれば、眼前一尺に迫る異形の靄かと見え、はては、見る者の角膜の表面に、ポッツリと浮んだ、一点の曇りの様にさえ感じられた。この距離の曖昧さが、蜃気楼に、想像以上の不気味な気違いめいた感じを与えるのだ。

曖昧な形の、真黒な巨大な三角形が、塔の様に積重なって行ったり、またたく間にくずれたり、横に延びて長い汽車の様に走ったり、それが幾つかにくずれ、立並ぶ檜の梢と見えたり、じっと動かぬ様でいながら、いつとはなく、全く違った形に化けて行った。

蜃気楼の魔力が、人間を気違いにするものであったなら、恐らく私は、少くとも帰り途の汽車の中までは、その魔力を逃れることが出来なかったのであろう。二時間の余も立ち尽して、大空の妖異を眺めていた私は、その夕方魚津を立って、汽車の中に一夜を過ごすまで、全く日常と異った気持でいたことは確である。若しかしたら、それは通り魔の様に、人間の心をかすめ冒す所の、一時的狂気の類ででもあったであろうか。

魚津の駅から上野への汽車に乗ったのは、夕方の六時頃であった。不思議な偶然であろうか、あの辺の汽車はいつでもそうなのか、私の乗った二等車は、教会堂の様にガランとしていて、私の外にたった一人の先客が、向うの隅のクッションに蹲っているばかりであった。

汽車は淋しい海岸の、けわしい崕や砂浜の上を、単調な機械の音を響かせて、際しもなく走っている。沼の様な海上の、靄の奥深く、黒血の色の夕焼が、ボンヤリと感じられた。異様に大きく見える白帆が、その中を、夢の様に滑っていた。少しも風のない、むしむしする日であったから、所々開かれた汽車の窓から、進行につれて忍び込むそよ風も、幽霊の様に尻切れとんぼであった。沢山の短いトンネルと雪除けの柱の列が、広漠たる灰色の空と海とを、縞目に区切って通り過ぎた。

親不知の断崖を通過する頃、車内の電燈と空の明るさとが同じに感じられた程、夕闇が迫って来た。丁度その時分向うの隅のたった一人の同乗者が、突然立上って、クッションの上に大きな黒繻子の風呂敷を広げ、窓に立てかけてあった、二尺に三尺程の、扁平な荷物を、その中へ包み始めた。それが私に何とやら奇妙な感じを与えたのである。

その扁平なものは、多分額に相違ないのだが、それの表側の方を、何か特別の意味でもあるらしく、窓ガラスに向けて立てかけてあった。一度風呂敷に包んであったものを、態々取出して、そんな風に外に向けて立てかけたものとしか考えられなかった。それに、彼が再び包む時にチラと見た所によると、額の表面に描かれた極彩色の絵が、妙に生々しく、何となく世の常ならず見えたことであった。

私は更(あら)めて、この変(へん)てこな荷物の持主を観察した。そして、持主その人が、荷物の異様さにもまして、一段と異様であったことに驚かされた。

彼は非常に古風な、我々の父親の若い時分の色あせた写真でしか見ることの出来ない様な、襟(えり)の狭い、肩のすぼけた、黒の背広服を着ていたが、併(しか)しそれが、背が高くて、足の長い彼に、妙にシックリと合って、甚(はなは)だ意気(いき)にさえ見えたのである。顔は細面(ほそおもて)で、両眼が少しギラギラし過ぎていた外は、一体によく整っていて、スマートな感じであった。そして、綺麗(きれい)に分けた頭髪が、豊に黒々と光っているので、一見四十前後であったが、よく注意して見ると、顔中に夥(おびただ)しい皺(しわ)があって、一飛びに六十位にも見えぬことはなかった。この黒々とした頭髪と、色白の顔面を縦横にきざんだ皺との対照が、初めてそれに気附いた時、私をハッとさせた程も、非常に不気味な感じを与えた。

彼は叮嚀(ていねい)に荷物を包み終ると、ひょいと私の方に顔を向けたが、丁度私の方でも熱心に相手の動作を眺めていた時であったから、二人の視線がガッチリとぶっつかってしまった。すると、彼は何か恥かし相(そう)に唇(くちびる)の隅を曲げて、幽(かす)かに笑って見せるのであった。私も思わず首を動かして挨拶(あいさつ)を返した。

それから、小駅を二三通過する間、私達はお互(たがい)の隅に坐ったまま、遠くから、時々視線をまじえては、気まずく外方(そっぽ)を向くことを、繰返していた。外は全く暗闇になっていた。窓ガラスに顔を押しつけて覗いて見ても、時たま沖の漁船の舷燈(げんとう)が遠く遠くポッツリと浮んでいる外には、全く何の光りもなかった。際涯(はてし)のない暗闇の中に、私達の細長い車室丈(だ)けが、たった一つの世界の様に、いつまでもいつまでも、ガタンガタンと動いて行った。そのほの暗い車室の中に、私達二人丈けを取り残して、全世界が、あらゆる生き物が、跡方(あとかた)もなく消え失(う)せてしまった感じであった。

私達の二等車には、どの駅からも一人の乗客もなかったし、列車ボーイや車掌も一度も姿を見せなかった。そういう事も今になって考えて見ると、甚だ奇怪に感じられるのである。

私は、四十歳にも六十歳にも見える、西洋の魔術師の様な風采のその男が、段々怖くなって来た。怖さというものは、外にまぎれる事柄のない場合には、無限に大きく、身体中一杯に拡がって行くものである。私は遂には、産毛の先までも怖さが満ちて、たまらなくなって、突然立上ると、向うの隅のその男の方へツカツカと歩いて行った。その男がいとわしく、恐ろしければこそ、私はその男に近づいて行ったのであった。

私は彼と向き合ったクッションへ、そっと腰をおろし、近寄れば一層異様に見える彼の皺だらけの白い顔を、私自身が妖怪ででもある様な、一種不可思議な、顛倒した気持で、目を細く息を殺してじっと覗き込んだものである。

男は、私が自分の席を立った時から、ずっと目で私を迎える様にしていたが、そうして私が彼の顔を覗き込むと、待ち受けていた様に、顎で傍らの例の扁平な荷物を指し示し、何の前置きもなく、さもそれが当然の挨拶ででもある様に、

「これでございますか」

と云った。その口調が、余り当り前であったので、私は却て、ギョッとした程であった。

「これが御覧になりたいのでございましょう」

私が黙っているので、彼はもう一度同じことを繰返した。

「見せて下さいますか」

私は相手の調子に引込まれて、つい変なことを云ってしまった。私は決してその荷物を見たい為に席を立った訳ではなかったのだけれど。

「喜んで御見せ致しますよ。わたくしは、さっきから考えていたのでございますよ。あなたはきっとこれを見にお出でなさるだろうとね」

男は――寧ろ老人と云った方がふさわしいのだが――そう云いながら、長い指で、器用に大風呂敷をほどいて、その額みたいなものを、今度は表を向けて、窓の所へ立てかけたのである。

私は一目チラッと、その表面を見ると、思わず目をとじた。何故であったか、その理由は今でも分らないのだが、何となくそうしなければならぬ感じがして、数秒の間目をふさいでいた。再び目を開いた時、私の前に、嘗て見たことのない様な、奇妙なものがあった。と云って、私はその「奇妙」な点をハッキリと説明する言葉を持たぬのだが。

額には歌舞伎芝居の御殿の背景みたいに、幾つもの部屋を打抜いて、極度の遠近法で、青畳と格子天井が遙か向うの方まで続いている様な光景が、藍を主とした泥絵具で毒々しく塗りつけてあった。左手の前方には、墨黒々と不細工な書院風の窓が描かれ、同じ色の文机が、その傍に角度を無視した描き方で、据えてあった。それらの背景は、あの絵馬札の絵の独特な画風に似ていたと云えば、一番よく分るであろうか。

その背景の中に、一尺位の丈の二人の人物が浮き出していた。浮き出していたと云うのは、その人物丈けが、押絵細工で出来ていたからである。黒天鵞絨の古風な洋服を着た白髪の老人が、窮屈そうに坐っていると、（不思議なことには、その容貌が、髪の色を除くと、額の持主の老人にそのままなばかりか、着ている洋服の仕立方までそっくりであった）緋鹿の子の振袖に、黒繻子の帯の映りのよい十七八の、水のたれる様な結綿の美少女が、何とも云えぬ嬌羞を含んで、その老人の洋服の膝にしなだれかかっている、謂わば芝居の濡れ場に類する画面であった。

洋服の老人と色娘の対照と、甚だ異様であったことは云うまでもないが、だが私が「奇妙」に感じたというのはそのことではない。

背景の粗雑に引かえて、押絵の細工の精巧なことは驚くばかりであった。顔の部分は、白絹は凹凸を作って、細い皺まで一つ一つ現わしてあったし、娘の髪は、本当の毛髪を一本一本植えつけて、人間の髪を結う様に結ってあり、老人の頭は、これも多分本物の白髪を、丹念に植えたものに相違なかった。洋服には正しい縫い目があり、適当な場所に粟粒程の釦までつけてあるし、娘の乳のふくらみと云い、腿のあたりの艶めいた曲線と云い、こぼれた緋縮緬、チラと見える肌の色、指には貝殻の様な爪が生えていた。虫眼鏡で覗いて見たら、毛穴や産毛まで、ちゃんと拵えてあるのではないかと思われた程である。

私は押絵と云えば、羽子板の役者の似顔の細工しか見たことがなかったが、そして、羽子板の細工にも、随分精巧なものもあるのだけれど、この押絵は、そんなものとは、まるで比較にもならぬ程、巧緻を極めていたのである。恐らくその道の名人の手に成ったものであろうか。だが、それが私の所謂「奇妙」な点ではなかった。

額全体が余程古いものらしく、背景の泥絵具は所々はげ落ていたし、娘の緋鹿の子も、老人の天鵞絨も、見る影もなく色あせていたけれど、はげ落ち色あせたなりに、名状し難き毒々しさを保ち、ギラギラと、見る者の眼底に焼(やき)つく様な生気を持っていたことも、不思議と云えば不思議であった。だが、私の「奇妙」という意味はそれでもない。

それは、若し強(しい)て云うならば、押絵の人物が二つとも、生きていたことである。

文楽(ぶんらく)の人形芝居で、一日の演技の内に、たった一度か二度、それもほんの一瞬間、名人の使っている人形が、ふと神の息吹(いぶき)をかけられでもした様に、本当に生きていることがあるものだが、この押絵の人物は、その生きた瞬間の人形を、命の逃げ出す隙(すき)を与えず、咄嗟(とっさ)の間に、そのまま板にはりつけたという感じで、永遠に生きながらえているかと見えたのである。

私の表情に驚きの色を見て取ったからか、老人は、いとたのもしげな口調で、殆(ほとん)ど叫ぶ様に、

「アア、あなたは分って下さるかも知れません」

と云いながら、肩から下げていた、黒革(くろかわ)のケースを、叮嚀に鍵(かぎ)で開いて、その中から、いとも古風な双眼鏡を取り出してそれを私の方へ差出すのであった。

「コレ、この遠眼鏡(とおめがね)で一度御覧下さいませ。イエ、そこからでは近すぎます。失礼ですが、もう少しあちらの方から。左様(さよう)丁度その辺がようございましょう」

誠に異様な頼みではあったけれど、私は限りなき好奇心のとりことなって、老人の云うがままに、席を立って額から五六歩遠ざかった。老人は私の見易い様に、両手で額を持って、電燈にかざしてくれた。今から思うと、実に変てこな、気違いめいた光景であったに相違ないのである。

遠眼鏡と云うのは、恐らく二三十年も以前の舶来品であろうか、私達が子供の時分、よく眼鏡屋の看板で見かけた様な、異様な形のプリズム双眼鏡であったが、それが手摺(てず)れの為に、黒い覆皮(おおいがわ)がはげて、

所々真鍮の生地が現われているという、持主の洋服と同様に、如何にも古風な、物懐かしい品物であった。私は珍らしさに、暫くその双眼鏡をひねくり廻していたが、やがて、それを覗く為に、両手で眼の前に持って行った時である。突然、実に突然、老人が悲鳴に近い叫声を立てたので、私は、危く眼鏡を取落す所であった。

「いけません。いけません。それはさかさですよ。さかさに覗いてはいけません。いけません」

老人は、真青になって、目をまんまるに見開いて、しきりと手を振っていた。双眼鏡を逆に覗くことが、何ぜそれ程大変なのか、私は老人の異様な挙動を理解することが出来なかった。

「成程、成程、さかさでしたっけ」

私は双眼鏡を覗くことに気を取られていたので、この老人の不審な表情を、さして気にもとめず、眼鏡を正しい方向に持ち直すと、急いでそれを目に当てて押絵の人物を覗いたのである。

焦点が合って行くに従って、二つの円形の視野が、徐々に一つに重なり、ボンヤリとした虹の様なものが、段々ハッキリして来ると、びっくりする程大きな娘の胸から上が、それが全世界ででもある様に、私の眼界一杯に拡がった。

あんな風な物の現われ方を、私はあとにも先にも見たことがないので、読む人に分らせるのが難儀なのだが、それに近い感じを思い出して見ると、例えば、舟の上から、海にもぐった蜑の、ある瞬間の姿に似ていたとでも形容すべきであろうか。蜑の裸身が、底の方にある時は、青い水の層の複雑な動揺の為に、その身体が、まるで海草の様に、不自然にクネクネと曲り、輪廓もぼやけて、白っぽいお化みたいに見えているが、それが、つうッと浮上って来るに従って、水の層の青さが段々薄くなり、形がハッキリして来て、ポッカリと水上に首を出すと、その瞬間、ハッと目が覚めた様に、水中の白いお化が、忽(たちま)ち人間の正体を現わすのである。丁度それと同じ感じで、押絵の娘は、双眼鏡の中で、私の前に姿を現わし、実物大の、一人の生きた娘として、蠢(うごめ)き始めたのである。

十九世紀の古風なプリズム双眼鏡の玉の向う側には、全く私達の思いも及ばぬ別世界があって、そこに結綿(ゆいわた)の色娘と、古風な洋服の白髪男とが、奇怪な生活を営んでいる。覗いては悪いものを、私は今魔法使に覗かされているのだ。といった様な形容の出来ない変てこな気持で、併し私は憑(つ)かれた様にその不可思議な世界に見入ってしまった。

娘は動いていた訳ではないが、その全身の感じが、肉眼で見た時とは、ガラリと変って、生気に満ち、青白い顔がやや桃色に上気し、胸は脈打ち（実際私は心臓の鼓動(こどう)をさえ聞いた）肉体からは縮緬の衣裳を通して、むしむしと、若い女の生気が蒸発して居る様に思われた。

私は一渡り、女の全身を、双眼鏡の先で、嘗(な)め廻してから、その娘がしなだれ掛っている、仕合(しあわ)せな白髪男の方へ眼鏡を転じた。

老人も、双眼鏡の世界で、生きていたことは同じであったが、見た所四十程も年の違う、若い女の肩に手を廻して、さも幸福そうな形でありながら、妙なことには、レンズ一杯の大きさに写った、彼の皺の多い顔が、その何百本の皺の底で、いぶかしく苦悶(くもん)の相を現わしているのである。それは、老人の顔がレンズの為に眼前一尺の近さに、異様に大きく迫っていたからでもあったであろうが、見つめていればいる程、ゾッと怖くなる様な、悲痛と恐怖との混り合った一種異様の表情であった。

それを見ると、私はうなされた様な気分になって、双眼鏡を覗いていることが、耐え難く感じられたので、思わず、目を離して、キョロキョロとあたりを見廻した。すると、それはやっぱり淋しい夜の汽車の中であって、押絵の額も、それをささげた老人の姿も、元のままで、窓の外は真暗（まっくら）だし、単調な車輪の響（ひびき）も、変りなく聞えていた。悪夢から醒（さ）めた気持であった。

「あなた様は、不思議相（そう）な顔をしておいでなさいますね」

老人は額を、元の窓の所へ立てかけて、席につくと、私にもその向う側へ坐る様に、手真似をしながら、私の顔を見つめて、こんなことを云った。

「私の頭が、どうかしている様です。いやに蒸（む）しますね」

私はてれ隠しみたいな挨拶をした。すると老人は、猫背（ねこぜ）になって、顔をぐっと私の方へ近寄せ、膝の上で細長い指を合図でもする様に、ヘラヘラと動かしながら、低い低い囁（ささや）き声になって、

「あれらは、生きて居りましたろう」

と云った。そして、さも一大事を打開けるといった調子で、一層猫背になって、ギラギラした目をまん丸に見開いて、私の顔を穴のあく程見つめながら、こんなことを囁くのであった。

「あなたは、あれらの、本当の身の上話を聞き度（た）いとはおぼしめしませんかね」

私は汽車の動揺と、車輪の響の為に、老人の低い、呟（つぶや）く様な声を、聞き間違えたのではないかと思った。

「身の上話とおっしゃいましたか」

「身の上話でございますよ」老人はやっぱり低い声で答えた。「殊（こと）に、一方の、白髪の老人の身の上話をでございますよ」

「若い時分からのですか」

私も、その晩は、何故か妙に調子はずれな物の云い方をした。

「ハイ、あれが二十五歳の時のお話でございますよ」

「是非うかがいたいものですね」

私は、普通の生きた人間の身の上話をでも催促する様に、ごく何でもないことの様に、老人をうながしたのである。すると、老人は顔の皺を、さも嬉しそうにゆがめて、「アア、あなたは、やっぱり聞いて下さいますね」と云いながら、さて、次の様な世にも不思議な物語を始めたのであった。

「それはもう、一生涯の大事件ですから、よく記憶して居りますが、明治二十八年の四月の、兄があんなに（と云って彼は押絵の老人を指さした）なりましたのが、二十七日の夕方のことでございました。当時、私も兄も、まだ部屋住みで、住居は日本橋通三丁目でして、親爺が呉服商を営んで居りましたがね。何でも浅草の十二階が出来て、間もなくのことでございましたよ。だもんですから、兄なんぞは、毎日の様にあの凌雲閣へ昇って喜んでいたものです。と申しますのが、兄は妙に異国物が好きで、新しがり屋でござんしたからね。この遠眼鏡にしろ、やっぱりそれで、兄が外国船の船長の持物だったという奴を、横浜の支那人町の、変てこな道具屋の店先で、めっけて来ましてね。当時にしちゃあ、随分高いお金を払ったと申して居りましたっけ」

老人は「兄が」と云うたびに、まるでそこにその人が坐ってでもいる様に、押絵の老人の方に目をやったり、指さしたりした。老人は彼の記憶にある本当の兄と、その押絵の白髪の老人とを、混同して、押絵が生きて彼の話を聞いてでもいる様な、すぐ側に第三者を意識した様な話し方をした。だが、不思議なことに、私はそれを少しもおかしいとは感じなかった。私達はその瞬間、自然の法則を超越した、我々の世界とどこかで喰違っている処(ところ)の、別の世界に住んでいたらしいのである。

「あなたは、十二階へ御昇りなすったことがおありですか。アア、おありなさらない。それは残念ですね。あれは一体どこの魔法使が建てましたものか、実に途方もない、変てこれんな代物でございましたよ。表面は伊太利(イタリー)の技師のバルトンと申すものが設計したことになっていましたがね。まあ考えて御覧なさい。その頃の浅草公園と云えば、名物が先ず蜘蛛男(くもおとこ)の見世物(みせもの)、娘剣舞に、玉乗り、源水の独楽廻(こままわ)しに、覗きからくりなどで、せいぜい変った所が、お富士さまの作り物に、メーズと云って、八陣隠れ杉の見世物位でございましたからね。そこへあなた、ニョキニョキと、まあ飛んでもない高い煉瓦造(れんがづく)りの塔が出来ちまったんですから、驚くじゃございませんか。高さが四十六間と申しますから、半丁の余で、八角型の頂上が、唐人(とうじん)の帽子みたいに、とんがっていて、ちょっと高台へ昇りさえすれば、東京中どこからでも、その赤いお化が見られたものです。

　今も申す通り、明治二十八年の春、兄がこの遠眼鏡を手に入れて間もない頃でした。兄の身に妙なことが起って参りました。親爺なんぞ、兄め気でも違うのじゃないかって、ひどく心配して居りましたが、私もね、お察しでしょうが、馬鹿に兄思いでしてね、兄の変てこれんなそぶりが、心配で心配でたまらなかったものです。どんな風かと申しますと、兄はご飯もろくろくたべないで、家内の者とも口を利かず、家(うち)にいる時は一間にとじ籠(こも)って考え事ばかりしている。身体は痩(や)せてしまい、顔は肺病やみの様に土気色(つちけいろ)で、目ばかりギョロギョロさせている。尤(もっと)も平常(ふだん)から顔色のいい方じゃあござんせんでしたがね。それが一倍青ざめて、沈んでいるのですから、本当に気の毒な様でした。その癖(くせ)ね、そんなでいて、毎日欠かさず、まるで勤めにでも出る様に、おひるッから、日暮れ時分まで、フラフラとどっかへ出掛けるんです。どこへ行くのかって、聞いて見ても、ちっとも云いません。母親が心配して、兄のふさいでいる訳を、手を変え品を変え尋ねても、少しも打開けません。そんなことが一月程も続いたのですよ。

あんまり心配だものだから、私はある日、兄が一体どこへ出掛るのかと、ソッとあとをつけました。そうする様に、母親が私に頼むもんですからね。兄はその日も、丁度今日の様などんよりとした、いやな日でござんしたが、おひる過から、その頃兄の工風で仕立てさせた、当時としては飛び切りハイカラな、黒天鵞絨の洋服を着ましてね、この遠眼鏡を肩から下げ、ヒョロヒョロと、日本橋通りの、馬車鉄道の方へ歩いて行くのです。私は兄に気どられぬ様に、ついて行った訳ですよ。よござんすか。しますとね、兄は上野行きの馬車鉄道を待ち合わせて、ひょいとそれに乗り込んでしまったのです。当今の電車と違って、次の車に乗ってあとをつけるという訳には行きません。何しろ車台が少のござんすからね。私は仕方がないので母親に貰ったお小遣いをふんぱつして、人力車に乗りました。人力車だって、少し威勢のいい挽子なれば馬車鉄道を見失わない様に、あとをつけるなんぞ、訳なかったものでございますよ。

兄が馬車鉄道を降りると、私も人力車を降りて、又テクテクと跡をつける。そうして、行きついた所が、なんと浅草の観音様じゃございませんか。兄は仲店から、お堂の前を素通りして、お堂裏の見世物小屋の間を、人波をかき分ける様にしてさっき申上げた十二階の前まで来ますと、石の門を這入って、お金を払って「凌雲閣」という額の上った入口から、塔の中へ姿を消したじゃあございませんか。まさか兄がこんな所へ、毎日毎日通っていようとは、夢にも存じませんので、私はあきれてしまいましたよ。子供心にね、私はその時まだ二十にもなってませんでしたので、兄はこの十二階の化物に魅入られたんじゃないかなんて、変なことを考えたものですよ。

私は十二階へは、父親につれられて、一度昇った切りで、その後行ったことがありませんので、何だか気味が悪い様に思いましたが、兄が昇って行くものですから、仕方がないので、私も、一階位おくれて、あの薄暗い石の段々を昇って行きました。窓も大きくございませんし、煉瓦の壁が厚うござんすので、穴蔵の様に冷々と致しましてね。それに日清（にっしん）戦争の当時ですから、その頃は珍らしかった、戦争の油絵が、一方の壁にずっと懸け並べてあります。まるで狼みたいな、おっそろしい顔をして、吠えながら、突貫している日本兵や、剣つき鉄砲に脇腹をえぐられ、ふき出す血のりを両手で押さえて、顔や唇を紫色にしてもがいている支那兵や、ちょんぎられた辮髪（べんぱつ）の頭が、風船玉の様に空高く飛上っている所や、何とも云えない毒々しい、血みどろの油絵が、窓からの薄暗い光線で、テラテラと光っているのでございますよ。その間を、陰気な石の段々が、蝸牛（かたつむり）の殻（から）みたいに、上へ上へと際限もなく続いて居ります。本当に変てこれんな気持ちでしたよ。

頂上は八角形の欄干（らんかん）丈けで、壁のない、見晴らしの廊下になっていましてね、そこへたどりつくと、俄（にわか）にパッと明るくなって、今までの薄暗い道中が長うござんしただけに、びっくりしてしまいます。雲が手の届きそうな低い所にあって、見渡すと、東京中の屋根がごみみたいに、ゴチャゴチャしていて、品川（しながわ）の御台場（おだいば）が、盆石（ぼんせき）の様に見えて居ります。目まいがしそうなのを我慢して、下を覗きますと、観音様（かんのんさま）の御堂だってずっと低い所にありますし、小屋掛けの見世物が、おもちゃの様で、歩いている人間が、頭と足ばかりに見えるのです。

頂上には、十人余りの見物が一かたまりになっておっかな相な顔をして、ボソボソ小声で囁きながら、品川の海の方を眺めて居りましたが、兄はと見ると、それとは離れた場所に、一人ぼっちで、遠眼鏡を目に当てて、しきりと浅草の境内（けいだい）を眺め廻して居りました。それをうしろから見ますと、白っぽくどんよりどんよりとした雲ばかりの中に、兄の天鵞絨の洋服姿が、クッキリと浮上って、下の方のゴチャゴチャしたものが何も見えぬものですから、兄だということは分っていましても、何だか西洋の油絵の中の人物みたいな気持がして、神々（こうごう）しい様で、言葉をかけるのも憚（はばか）られた程でございましたっけ。

でも、母の云いつけを思い出しますと、そうもしていられませんので、私は兄のうしろに近づいて『兄さん何を見ていらっしゃいます』と声をかけたのでございます。兄はビクッとして、振向きましたが、気拙（きまず）い顔をして何も云いません。私は『兄さんの此頃（このごろ）の御様子には、御父さんもお母さんも大変心配していらっしゃいます。毎日毎日どこへ御出掛なさるのかと不思議に思って居りましたら、兄さんはこんな所へ来ていらしったのでございますね。どうかその訳を云って下さいまし。日頃仲よしの私に丈けでも打開けて下さいまし』と、近くに人のいないのを幸いに、その塔の上で、兄をかき口説（くど）いたものですよ。

仲々打開けませんでしたが、私が繰返し繰返し頼むものですから、兄も根負（こんま）けをしたと見えまして、とうとう一ヶ月来の胸の秘密を私に話してくれました。ところが、その兄の煩悶（はんもん）の原因と申すものが、これが又誠に変てこれんな事柄だったのでございますよ。兄が申しますには、一月ばかり前に、十二階へ昇りまして、この遠眼鏡で観音様の境内を眺めて居りました時、人込みの間に、チラッと、一人の娘の顔を見たのだ相でございます。その娘が、それはもう何とも云えない、この世のものとも思えない、美しい人で、日頃女には一向（いっこう）冷淡であった兄も、その遠眼鏡の中の娘丈けには、ゾッと寒気がした程も、すっかり心を乱されてしまったと申しますよ。

その時兄は、一目見た丈けで、びっくりして、遠眼鏡をはずしてしまったものですから、もう一度見ようと思って、同じ見当を夢中になって探した相ですが、眼鏡の先が、どうしてもその娘の顔にぶっつかりません。遠眼鏡では近くに見えても実際は遠方のことですし、沢山の人混みの中ですから、一度見えたからと云って、二度目に探し出せると極まったものではございませんからね。

それからと申すもの、兄はこの眼鏡の中の美しい娘が忘れられず、極々内気なひとでしたから、古風な恋わずらいをわずらい始めたのでございます。今のお人はお笑いなさるかも知れませんが、その頃の人間は、誠におっとりしたものでして、行きずりに一目見た女を恋して、わずらいついた男なども多かった時代でございますからね。云うまでもなく、兄はそんなご飯もろくろくたべられない様な、衰えた身体を引きずって、又その娘が観音様の境内を通りかかることもあろうかと悲しい空頼みから、毎日毎日、勤めの様に、十二階に昇っては、眼鏡を覗いていた訳でございます。恋というものは、不思議なものでございますね。

兄は私に打開けてしまうと、又熱病やみの様に眼鏡を覗き始めましたっけが、私は兄の気持にすっかり同情致しましてね、千に一つも望みのない、無駄な探し物ですけれど、お止しなさいと止めだてする気も起らず、余りのことに涙ぐんで、兄のうしろ姿をじっと眺めていたものですよ。するとその時……ア、私はあの怪しくも美しかった光景を、忘れることが出来ません。三十年以上も昔のことですけれど、こうして眼をふさぎますと、その夢の様な色どりが、まざまざと浮んで来る程でございます。

さっきも申しました通り、兄のうしろに立っていますと、見えるものは、空ばかりで、モヤモヤとした、むら雲の中に、兄のほっそりとした洋服姿が、絵の様に浮上って、むら雲の方で動いているのを、兄の身体が宙に漂うかと見誤(みあやま)るばかりでございました。がそこへ、突然、花火でも打上げた様に、白っぽい大空の中を、赤や青や紫の無数の玉が、先を争って、フワリフワリと昇って行ったのでございます。お話したのでは分りますまいが、本当に絵の様で、又何かの前兆の様で、私は何とも云えない怪しい気持になったものでした。何であろうと、急いで下を覗いて見ますと、どうかしたはずみで、風船屋が粗相(そそう)をして、ゴム風船を、一度に空へ飛ばしたものと分りましたが、その時分は、ゴム風船そのものが、今よりはずっと珍らしゅうございましたから正体が分っても、私はまだ妙な気持がして居りましたものですよ。

　妙なもので、それがきっかけになったという訳でもありますまいが、丁度その時、兄は非常に興奮した様子で、青白い顔をぽっと赤らめ息をはずませて、私の方へやって参り、いきなり私の手をとって『さあ行こう。早く行かぬと間に合わぬ』と申して、グングン私を引張るのでございます。引張られて、塔の石段をかけ降りながら、訳を尋ねますと、いつかの娘さんが見つかったらしいので、青畳(あおだたみ)を敷いた広い座敷に坐っていたから、これから行っても大丈夫元の所にいると申すのでございます。

　兄が見当をつけた場所というのは、観音堂の裏手の、大きな松の木が目印で、そこに広い座敷があったと申すのですが、さて、二人でそこへ行って、探して見ましても、松の木はちゃんとありますけれど、その近所には、家らしい家もなく、まるで狐につままれた様な鹽梅(あんばい)なのですよ。兄の気の迷いだとは思いましたが、しおれ返っている様子が、余り気の毒だものですから、気休めに、その辺の掛茶屋などを尋ね廻って見ましたけれども、そんな娘さんの影も形もありません。

　探している間に、兄と分れ分れになってしまいましたが、掛茶屋を一巡して、暫くたって元の松の木の下へ戻って参りますとね、そこには色々な露店に並んで、一軒の覗きからくり屋が、ピシャピシャンと鞭の音を立てて、商売をして居りましたが、見ますと、その覗きの眼鏡を、兄が中腰になって、一生懸命覗いていたじゃございませんか。『兄さん何をしていらっしゃる』と云って、肩を叩きますと、ビックリして振向きましたが、その時の兄の顔を、私は今だに忘れることが出来ませんよ。何と申せばよろしいか、夢を見ている様なとでも申しますか、顔の筋がたるんでしまって、遠い所を見ている目つきになって、私に話す声さえも、変にうつろに聞えたのでございます。そして、『お前、私達が探していた娘さんはこの中にいるよ』と申すのです。

　そう云われたものですから、私は急いでおあしを払って、覗きの眼鏡を覗いて見ますと、それは八百屋お七の覗きからくりでした。丁度吉祥寺の書院で、お七が吉三にしなだれかかっている絵が出て居りました。忘れもしません。からくり屋の夫婦者は、しわがれ声を合せて、鞭で拍子を取りながら、『膝でつっらついて、目で知らせ』と申す文句を歌っている所でした。アア、あの『膝でつっらついて、目で知らせ』という変な節廻しが、耳についている様でございます。

　覗き絵の人物は押絵になって居りましたが、その道の名人の作であったのでしょうね。お七の顔の生々として綺麗であったこと。私の目にさえ本当に生きている様に見えたのですから、兄があんなことを申したのも、全く無理はありません。兄が申しますには『仮令この娘さんが、拵えものの押絵だと分っても、私はどうもあきらめられない。悲しいことだがあきらめられない。たった一度でいい、私もあの吉三の様な、押絵の中の男になって、この娘さんと話がして見たい』と云って、ぼんやりと、そこに突っ立ったまま、動こうともしないのでございます。考えて見ますとその覗きからくりの絵が、光線を取る為に上の方が開けてあるので、それが斜めに十二階の頂上からも見えたものに違いありません。

その時分には、もう日が暮かけて、人足もまばらになり、覗きの前にも、二三人のおかっぱの子供が、未練らしく立去り兼ねて、うろうろしているばかりでした。昼間からどんよりと曇っていたのが、日暮には、今にも一雨来そうに、雲が下って来て、一層圧えつけられる様な、気でも狂うのじゃないかと思う様な、いやな天候になって居りました。そして、耳の底にドロドロと太鼓の鳴っている様な音が聞えているのですよ。その中で、兄は、じっと遠くの方を見据えて、いつまでもいつまでも、立ちつくして居りました。その間が、たっぷり一時間はあった様に思われます。

もうすっかり暮切って、遠くの玉乗りの花瓦斯が、チロチロと美しく輝き出した時分に、兄はハッと目が醒めた様に、突然私の腕を掴んで『アア、いいことを思いついた。お前、お頼みだから、この遠眼鏡をさかさにして、大きなガラス玉の方を目に当てて、そこから私を見ておくれでないか』と、変なことを云い出しました。『何故です』って尋ねても、『まあいいから、そうしてお呉れな』と申して聞かないのでございます。一体私は生れつき眼鏡類を、余り好みませんので、遠眼鏡にしろ、顕微鏡にしろ、遠い所の物が、目の前へ飛びついて来たり、小さな虫けらが、けだものみたいに大きくなる、お化じみた作用が薄気味悪いのですよ。で、兄の秘蔵の遠眼鏡も、余り覗いたことがなく、覗いたことが少い丈けに、余計それが魔性の器械に思われたものです。しかも、日が暮て人顔もさだかに見えぬ、うすら淋しい観音堂の裏で、遠眼鏡をさかさにして、兄を覗くなんて、気違いじみてもいますれば、薄気味悪くもありましたが、兄がたって頼むものですから、仕方なく云われた通りにして覗いたのですよ。さかさに覗くのですから、二三間向うに立っている兄の姿が、二尺位に小さくなって、小さい丈けに、ハッキリと、闇の中に浮出して見えるのです。外の景色は何も映らないで、小さくなった兄の洋服姿丈けが、眼鏡の真中に、チンと立っているのです。それが、多分兄があとじさりに歩いて行ったのでしょう。見る見る小さくなって、とうとう一尺位の、人形みたいな可愛らしい姿になってしまいました。そして、その姿が、ツーッと宙に浮いたかと見ると、アッと思う間に、闇の中へ溶け込んでしまったのでございます。

　私は怖くなって、（こんなことを申すと、年甲斐もないと思召しましょうが、その時は、本当にゾッと、怖さが身にしみたものですよ）いきなり眼鏡を離して、「兄さん」と呼んで、兄の見えなくなった方へ走り出しました。ですが、どうした訳か、いくら探しても探しても兄の姿が見えません。時間から申しても、遠くへ行った筈はないのに、どこを尋ねても分りません。なんと、あなた、こうして私の兄は、それっきり、この世から姿を消してしまったのでございますよ……それ以来というもの、私は一層遠眼鏡という魔性の器械を恐れる様になりました。殊にも、このどこの国の船長とも分らぬ、異人の持物であった遠眼鏡が、特別いやでして、外の眼鏡は知らず、この眼鏡丈けは、どんなことがあっても、さかさに見てはならぬ。さかさに覗けば凶事が起ると、固く信じているのでございます。あなたがさっき、これをさかさにお持ちなすった時、私が慌ててお止め申した訳がお分りでございましょう。

　ところが、長い間探し疲れて、元の覗き屋の前へ戻って参った時でした。私はハタとある事に気がついたのです。と申すのは、兄は押絵の娘に恋こがれた余り、魔性の遠眼鏡の力を借りて、自分の身体を押絵の娘と同じ位の大きさに縮めて、ソッと押絵の世界へ忍び込んだのではあるまいかということでした。そこで、私はまだ店をかたづけないでいた覗き屋に頼みまして、吉祥寺の場を見せて貰いましたが、なんとあなた、案の定、兄は押絵になって、カンテラの光りの中で、吉三の代りに、嬉し相な顔をして、お七を抱きしめていたではありませんか。

　でもね、私は悲しいとは思いませんで、そうして本望を達した、兄の仕合せが、涙の出る程嬉しかったものですよ。私はその絵をどんなに高くてもよいから、必ず私に譲ってくれと、覗き屋に固い約束をして、（妙なことに、小姓の吉三の代りに洋服姿の兄が坐っているのを、覗き屋は少しも気がつかない様子でした）家へ飛んで帰って、一伍一什を母に告げました所、父も母も、何を云うのだ。お前は気でも違ったのじゃないかと申して、何と云っても取上げてくれません。おかしいじゃありませんか。ハハハハハハ」老人は、そこで、さもさも滑稽だと云わぬばかりに笑い出した。そして、変なことには、私も亦、老人に同感して、一緒になって、ゲラゲラと笑ったのである。

「あの人たちは、人間は押絵なんぞになるものじゃないと思い込んでいたのですよ。でも押絵になった証拠には、その後兄の姿が、ふっつりと、この世から見えなくなってしまったじゃありませんか。それをも、あの人たちは、家出したのだなんぞと、まるで見当違いな当て推量をしているのですよ。おかしいですね。結局、私は何と云われても構わず、母にお金をねだって、とうとうその覗き絵を手に入れ、それを持って、箱根から鎌倉の方へ旅をしました。それはね、兄に新婚旅行がさせてやりたかったからですよ。こうして汽車に乗って居りますと、その時のことを思い出してなりません。やっぱり、今日の様に、この絵を窓に立てかけて、兄や兄の恋人に、外の景色を見せてやったのですからね。兄はどんなにか仕合せでございましたろう。娘の方でも、兄のこれ程の真心を、どうしていやに思いましょう。二人は本当の新婚者の様に、恥かし相に顔を赤らめながら、お互の肌と肌とを触れ合って、さもむつまじく、尽きぬ睦言（むつごと）を語り合ったものでございますよ。

その後、父は東京の商売をたたみ、富山（とやま）近くの故郷へ引込みましたので、それにつれて、私もずっとそこに住んで居りますが、あれからもう三十年の余になりますので、久々で兄にも変った東京が見せてやり度いと思いましてね、こうして兄と一緒に旅をしている訳でございますよ。

ところが、あなた、悲しいことには、娘の方は、いくら生きているとは云え、元々人の拵えたものですから、年をとるということがありませんけれど、兄の方は、押絵になっても、それは無理やりに形を変えたまでで、根が寿命のある人間のことですから、私達と同じ様に年をとって参ります。御覧下さいまし、二十五歳の美少年であった兄が、もうあの様に白髪になって、顔には醜い皺が寄ってしまいました。兄の身にとっては、どんなにか悲しいことでございましょう。相手の娘はいつまでも若くて美しいのに、自分ばかりが汚く老込んで行くのですもの。恐ろしいことです。兄は悲しげな顔をして居ります。数年以前から、いつもあんな苦し相な顔をして居ります。それを思うと、私は兄が気の毒で仕様（しょう）がないのでございますよ」

老人は暗然として押絵の中の老人を見やっていたが、やがて、ふと気がついた様に、

「アア、飛んだ長話を致しました。併し、あなたは分って下さいましたでしょうね。外の人達の様に、私を気違いだとはおっしゃいませんでしょうね。アア、それで私も話甲斐（はなしがい）があったと申すものですよ。どれ、兄さん達もくたびれたでしょう。それに、あなた方を前に置いて、あんな話をしましたので、さぞかし恥かしがっておいででしょう。では、今やすませて上げますよ」

と云いながら、押絵の額を、ソッと黒い風呂敷に包むのであった。その刹那、私の気のせいであった

のか、押絵の人形達の顔が、少しくずれて、一寸恥かし相に、唇の隅で、私に挨拶の微笑を送った様に見えたのである。老人はそれきり黙り込んでしまった。私も黙っていた。汽車は相も変らず、ゴトンゴトンと鈍い音を立てて、闇の中を走っていた。

十分ばかりそうしていると、車輪の音がのろくなって、窓の外にチラチラと、二つ三つの燈火(あかり)が見え、汽車は、どことも知れぬ山間の小駅に停車した。駅員がたった一人、ぽっつりと、プラットフォームに立っているのが見えた。

「ではお先へ、私は一晩ここの親戚へ泊りますので」

老人は額の包みを抱て(かかえ)ヒョイと立上り、そんな挨拶を残して、車の外へ出て行ったが、窓から見ていると、細長い老人の後姿(うしろすがた)は（それが何と押絵の老人そのままの姿であったか）簡略な柵の所で、駅員に切符を渡したかと見ると、そのまま、背後の闇の中へ溶け込む様に消えて行ったのである。

指

患者は手術の麻酔から醒めて私の顔を見た。

右手に厚ぼったく繃帯が巻いてあったが、手首を切断されていることは、少しも知らない。

彼は名のあるピアニストだから、右手首がなくなったことは致命傷であった。犯人は彼の名声をねたむ同業者かもしれない。

彼は闇夜の道路で、行きずりの人に、鋭い刃物で右手首関節の上部から斬り落とされて、気を失ったのだ。

幸い私の病院の近くでの出来事だったので、彼は失神したまま、この病院に運びこまれ、私はできるだけの手当てをした。

「あ、君が世話をしてくれたのか。ありがとう……酔っぱらってね、暗い通りで、誰かわからないやつにやられた……右手だね。指は大丈夫だろうか」

「大丈夫だよ。腕をちょっとやられたが、なに、じきに治るよ」

私は親友を落胆させるに忍びず、もう少しよくなるまで、彼のピアニストとしての生涯が終わったことを、伏せておこうとした。

「指もかい。指も元の通り動くかい」

「大丈夫だよ」

私は逃げ出すように、ベッドをはなれて病室を出た。

付添いの看護婦にも、今しばらく、手首がなくなったことは知らせないように、固くいいつけておいた。

それから二時間ほどして、私は彼の病室を見舞った。

患者はやや元気をとり戻していた。しかし、まだ自分の右手をあらためる力はない。手首のなくなったことは知らないでいる。

「痛むかい」

私は彼の上に顔を出して訊(たず)ねてみた。

「うん、よほど楽になった」

彼はそういって、私の顔をじっと見た。そして、毛布の上に出していた左手の指を、ピアノを弾(ひ)く恰好(かっこう)で動かしはじめた。

「いいだろうか、右手の指を少し動かしても……新しい作曲をしたのでね、そいつを毎日一度やってみないと気がすまないんだ」

私はハッとしたが、咄嗟(とっさ)に思いついて、患部を動かさないためと見せかけながら、彼の上膊(じょうはく)の尺骨神経の個所を、指で圧(お)さえた。そこを圧迫すると、指がなくても、あるような感覚を、脳中枢(のうちゅうすう)に伝えることができるからだ。

彼は毛布の上の左手の指を、気持よさそうに、しきりに動かしていたが、

「ああ、右の指は大丈夫だね。よく動くよ」

と、呟(つぶや)きながら、夢中になって、架空の曲を弾きつづけた。

私は見るにたえなかった。看護婦に、患者の右腕の尺骨神経を圧さえているように、目顔でさしずしておいて、足音を盗んで病室を出た。

そして手術室の前を通りかかると、一人の看護婦が、その部屋の壁にとりつけた棚を見つめて、突っ

立っているのが見えた。

彼女の様子は普通ではなかった。顔は青ざめ、眼は異様に大きくひらいて、棚にのせてある何かを凝視していた。

私は思わず手術室にはいって、その棚を見た。そこには彼の手首をアルコール漬(づ)けにした大きなガラス瓶(びん)が置いてあった。

一目それを見ると、私は身動きができなくなった。

瓶のアルコールの中で、彼の手首が、いや、彼の五本の指が、白い蟹(かに)の脚のように動いていた。

ピアノのキイを叩く調子で、しかし、実際の動きよりもずっと小さく、幼児のように、たよりなげに、しきりと動いていた。

浅草趣味

探偵小説を書かないといって、しょっちゅう森下兄(もりしたけい)から御叱りを受けている。申訳ないと思うけれど、大袈裟に云えば、小説なんて外の労働と違って人為的(じんいてき)にどうすることも出来ないものだから、書けなければ、文運つたなしとただもう恥入る外に方法はない。気質にもよるだろうし、体質にもよるだろうし、素養のないことにもよるだろうし、その上に、飽きるということもあるだろうし、理由は様々だが、書けないのは、どう弁解して見た所で書けないのだ。僕にして見れば、書かなければ食えないという状態だから、書きたいのはもう山々(やまやま)なんだけれど、そうかといって、感興(かんきょう)もなしに書くのは、何だかいやだ。いくら貧乏しても、書き度い時に書いていたいと思う。

生来怠け者ではあるが、といってまるで怠けている訳ではない。何かすばらしいものを書き度いと、しょっちゅう心に懸けている。随分煩悶(はんもん)もしている。その内何か出ると思っている。そういう訳で今月も創作は書けなかった。尤も種はあって、書きかけたのだけれど、どうにも興がのらぬのだ。その種で次号には必ず書くつもりです。そこで、代りに何か雑文を書くことにしたのだが、これが又困り物で、近頃外国の探偵小説なんて手にしたこともないし（尤もそれは面白いものがないからでもある）東洋の古典的なものは大抵語り尽されているし、事実談は余り知らないし、探偵文学論も大人気ないし、となると、探偵の方の雑文なんて書くことがないのだ。近頃活動写真に興味を持って、ちょいちょい見ているから、その方の話ならなくもないが、都合の悪いことには探偵映画には妙にこれはというものがなく（本号所載の「バット」は稍(やや)例外である）本誌に向く様な話がない。そこで無い智恵をしぼった揚句(あげく)、浅草物語と極(き)めた次第です。

僕に取って、東京の魅力は銀座(ぎんざ)よりも浅草にある。浅草故の東京住いといってもいいかも知れない。

尤も、活動写真の中心が浅草を離れた形で、その上プロテア時代の魅力ある絵看板も禁ぜられているので、稍昔日の俤を失ったが、それにしても、やっぱり浅草は浅草である。江川一座のなくなったのは淋しいが、時々小屋掛けのサーカスも来るし、花やしきは昔ながらのダーク人形、山雀芸をやっているし、平林延原両兄がのったメリーゴーラウンドもあるし、（因みに、これには僕ものったことがあるし、最近では横溝正史兄がのっかって、大いに気をよくした由である）僕の大好物の安来節もあるし、そこへ時々は女角力なんて珍物も飛び込んで来るのだ。何とも嬉しくて耐らないのだ。

こうした趣味を、俗にいかもの食いと称する。だが、いつも小説で云う様に、浮世のことに飽き果てた僕達にとっては、刺戟剤として探偵小説を摂ると同じ意味で、探偵小説以上の刺戟物として、それらのいかものを求めるので、探偵小説も、例えば安来節も、少くも僕にとっては、同じ様な刺戟剤の一種に過ぎないのだ。その安来節には、一時ひどく凝ったもので、（という、意味は、何もそれの女芸人に凝ったことではない）安来節讃美の辞は、極めて豊富に持ち合わせている訳だが、今その一端を洩らすならば、

先ず第一は、和製ジャズと云われている通り、小屋全体が一つの楽器であるが如き、圧倒的な、野蛮極まる、凡そデリケートの正反対である所の、あの不協和音楽の魅力である。これは浅草公園のある小屋に限られている現象で、まして他地方の安来節には殆ど見られない所だが舞台の唱歌が段々高潮に達して来ると、小屋全体に一種の共鳴現象が起るのだ。最初は半畳とか弥次とかいうものだったに相違ない。それが徐々に形をなして、音楽的になって、いつの間にか今日の、舞台と見物席の交響楽が出来上ったのであろう。それを第三者として傍観していると、数時間にして、さしもの刺戟好きも、すっかり堪能させられるのである。

もう一つは、僕達の通り言葉なんだが、あれの持つネジレ趣味である。ネジレというのはどこかの方言で、いやみと訳せば稍当る。いやみたっぷりなものを見ると、こう身体がネジレて来る。そのネジレを名詞に使ったのだ。我々は一応ネジレなるものを厭に思う。だがそのネジレさ加減があるレベルを越すと、今度はそれが云うに云われぬ魅力になる。外の例で云うならば、愚痴というものは、普通ならば聞き度くもない厭なものに相違ない。だが、それがあるレベルを越すと、つまり一方に徹すると、非常な魅力を持って来る。紅葉の「多情多恨」だとか、秋江の「黒髪」なんてもののよさは、半はこの点にありはしないかと思う。安来節がやっぱりそれで、あの位ネジレになると芸術に近い魅力を伴って来る。「きたさあ」なんて変な節廻しのカケ声があるが、あれだって、安来節の舞台で聞いていると、所謂ネジレ趣味で段々魅力を持って来る。

まだまだ能書はあるけれど、安来節はこの位にして置いて、興行物以外のいかものについて少々書いて見よう。それの筆頭は何といっても、今ではもう浅草名物になっている浪花節乞食である。五十がらみの盲目乞食が、三つ位の男の子を十文字におぶって、七八歳の女の子をそばに立たせて、左手には垢づいた古ステッキをつき、それの中程を右手の、黒くなった破れ扇で叩きながら、白目をむき出し、しわがれ声をふりしぼって、悲しげな浪花節を歌う。顔もいい、声もいい、あの廃頽的な哀調というものは、楽燕だって、虎丸だって、亡き雲右衛門だって迚もかなうものではない。道理こそ、盲目乞食の収入は実に大したものである。ドイルの「ツウィステット・リップ」には一かどの紳士が金儲けの為に乞食をやる話がある。正業よりも乞食の方が儲かるというのは変だと思っていたが、嘘ではない。この浪花節乞食なんか、見ていると、いつも黒山の人だかりで、調子のいい時は一分間に一人位の割で投げ銭をする。それが多くは五銭十銭の白銅だから、一日に二三十円の収入は確かだろう。すばらしいものだ。随って模倣者が出来る。僕の見た丈けでも二三人はある。それが皆元祖の真似をしてステッキを叩くのだから面白い。

さて野外いかものに関して、書き洩らせないのは深夜の浅草情景である。興行物のはねるのが大抵十時、それから十二時頃までは、まだ宵の口である。ゾロゾロと人通りが絶えない。やがて活動小屋の電飾が光を減じ、池の鯉のはねる音がハッキリ聞える頃になると、馬道から吉原通いの人足もまばらになる。馬道辺では朦朧車夫が跳梁し出す。そして、公園のベンチに取り残されるのは、ほんとうの宿なし、一夜をそこで明かそうという連中ばかりである。警官の巡回がはげしくなる。角袖が何食わぬ顔で、うろんな奴の煙草の火を借りに来たりする。

「オイ、お前は宿があるのか」

「ヘイ、実は帰りはぐっちまいまして、電車はなくなる、仕方がないのでここで夜明しをさせて頂きます。どうか今夜の所はお見逃しを」

なんて問答が聞え出す。警官も世話がやき切れないと見えて、夜毎にベンチを宿とするもの十数人を数える。それが大抵は常習者だ。料理屋なんかの、ごみ溜をあさって、大きな竹の皮に一杯残飯を持って来る奴がある。てんでにアルミの弁当箱を持っていて、それを分けてつめる。明日の弁当になるのだ。残った分は皆して手摑みでムシャムシャやる。食いながら、深夜の浅草を、ピクニックにでも来たつもりで、世間話をしている。なかなか楽し相だ。

これらは別状ないのだが、そこへ時々異形のものが現れる。男のくせに白粉を塗っている。

そして通行人に、

「チョイと、あなた」

なんて、くねくねと身体をよじらせて、手招ぎをする。野外かげまとも云うべき代物だ。公園の隅々には、云うまでもなく、淫売屋（いんばいや）のポン引婆（ひきばあ）さんが、うさん臭い顔をして立っている。夜鷹（よたか）というものには、不幸にしてまだ出会わないが、時に出ないとも限らぬ。

そうして一夜あけると、早朝の浅草だ。六時頃から盛に参詣人（さんけいにん）が来る。重（おも）にお上（のぼ）りさんなんかだ。速席写真屋や、食物店や、香具師（やし）などが、彼等も仲々勤勉である、もう店をはり始める。安来節の姉さん達だって、道楽商売の様に見えて、どうして過激労働だ。八時頃にはやって来る。はねて十時十二時だから十二三時間も歌ったり踊ったりしているのだ。やわな身体で勤まる仕事でない。新聞売りの小僧共が活躍する。活動写真なんかで見ると、アメリカあたりの新聞小僧は、供給過多で、激しい客争いをする様だが、日本でも浅草公園に同じ様な光景が見られる。そしてこれらの新聞小僧は、アメリカ同様、宿なしに近い浮浪小僧共なのだ。

さて、こんな風にダラダラ書いていたんでは、切りがないから、書き度いことは色々あるが全部はしょって、最後に、深く僕の頭に残っている、浅草情景で、小説の材料にもなり相なのを一つ丈け御紹介して、この稿を終ろうと思う。

嘗（か）つて僕は、一週間ばかり続けて浅草へ通ったことがある。その時の見聞なのだが、活動街に沿った池の中程に中洲（なかす）の様なものがあって、藤棚（ふじだな）で天井を作った橋が、色々な形で懸（かか）っている。池の水は藻（も）のせいか妙に淀（よど）んで、濃緑の水羊羹（みずようかん）が、今かたまろうとする時の感じだ。水岸は、あんな所でも苔（こけ）なんかが生えて、絵の様に曲りくねり、そこに柳の古木が、及び腰になって、風雅な枝を水面に垂れている。恰度新芽の頃で、無数の青い糸から、まだ黄色がかった、蜻蛉の翅の様にすき通った若葉共が、一時間毎に厚みと大きさを増して、生長している。その風雅な橋の欄干に、ささやかな人だかりがあったのだ。外出着を着た、日曜の兵隊さんのうしろから、のぞいて見ると、余り豊でない、併し小ざっぱりした和服姿の三十余りの男が、欄干の上に大きな画板をのせ、三脚に腰かけて、一心不乱に写生をやっている。長髪で青白い、功名心に燃えている様な、併し年が年故多少あせり気味の見える顔だ。大きな白紙に鉛筆で、向う岸の柳が、細かく写してある。二尺四方位に一杯の柳だから、可成密画だ。人中で写生なんかやっている男を見ると、浅はかな虚栄心に似たものを感じるのが普通だが、この男には少しもそんな所はない。超然として、仕事に夢中になっている。涙ぐましい感じだ。

それ以来気をつけて見ると、その男は毎日午前中の一定の時間そこへ出張って、同じ絵を丹念に書き続けている。光線の具合によるのだろう、時間がちゃんと極っている。そして約一週間、彼は一本の柳の下絵に費した訳なのだ。見ていると、彼の写生の仕方は、極度に几帳面で柳の幹の皺の一つ一つを、どんな細いものも見逃さないで、丹念に書き入れている。実物で云って一寸位の皺の曲り方でも、消しては書き、消しては書き、正しく写せるまで止めない。それに、柳の葉だ。あの小さな一枚一枚の葉を、これは初めから緑の絵具を使っていたが、数える様にして、形もなるべく実物に近く写し取るのである。そんなやり方だから、一つの大枝を写生するのにもたっぷり一日はかかるのだ。

その几帳面さは、実に驚くべきもので、こんなにするのが日本画の方の修業の一方便なのかも知れないが、その男のどこやらに、普通でない、何ともこう間の抜けた非常識なものが感じられるのだ。ところで、その男は独りぼっちではなく、心強いことには、一人の忠実無比な助手を伴っている。一見してそれは彼の細君であることが分るのだが、これも亦豊かではないが小ざっぱりした、地味な身なりで、年はひょっとしたら男よりも一つ二つ上かも知れない。姉の様に、恰度幼い弟を庇うこまちゃくれた姉娘の様に、その夫をいたわっているのだ。細君の方も夫と同様、微塵も虚栄的な所はなく、夫の芸術を信仰し切った形で、夫の仕事の外は何物も眼中にないといった有様で、時代おくれな大型の洋傘を夫の上にさしかけ、小供などが画板の前に立つと、

「邪魔になりますから、どいていらっしゃい」

などと制している。落ちつきはらったその物腰が、落ちぶれた士族の奥方といった感じである。それで、恥しそうな所は少しもなく、寧ろ夫の芸術につつましやかな誇りを感じている様子なのだ。それが又、やっぱり、どこかこう普通でない、常識はずれな感じを与えるのである。

すぐ前の六区の活動街からは、楽隊の音、物売りの声、華やかなどよめきが、浮々と響いて来る。彼等のいる橋の上を通る人々も、皆近代的で、おしゃれで、華かで、話声さえ浮々としている。その対照が実に面白いのだ。なぜか知らない。あれ程印象的な光景は、僕は余り経験したことがない。今でも目に浮ぶ様だ。そして、意味のない涙が、心の底からしっとりとにじみ出して来る感じである。

映画の恐怖

私は活動写真を見ていると恐しくなります。あれは阿片喫煙者の夢です。一吋のフィルムから、劇場一杯の巨人が生れ出して、それが、泣き、笑い、怒り、そして恋をします。スイフトの描いた巨人国の幻が、まざまざと私達の眼前に展開するのです。

スクリーンに充満した、私のそれに比べては、千倍もある大きな顔が、私の方を見てニヤリと笑います。あれが若し、自分自身の顔であったなら！　映画俳優というものは、よくも発狂しないでいられたものです。あなたは、自分の顔を凹面鏡に写して見たことがありますか。赤子の様に滑かなあなたの顔が、凹面鏡の面では、まるで望遠鏡でのぞいた月世界の表面の様に、でこぼこに、物凄く代っているでしょう。鱗の様な皮膚、洞穴の様な毛穴、凹面鏡は怖いと思います。映画俳優というものは絶えずこの凹面鏡を覗いていなければなりません。本当に発狂しないのが不思議です。

活動写真の技師は、暗い部屋の中で、たった一人で、映画の試写をする場合があるに相違ありません。そこには音楽もなく、説明もなく、見物もいないのです。カタカタカタという映写機の把手の軋りと、自分自身の鼻息の外には何の音もないのです。彼はスクリーンの巨人達とさし向いです。大写しの顔が、ため息をつけば、それが聞えるかも知れません。哄笑すれば、雷の様な笑声が響くかも知れません。私達が、見物席の一番前列に坐って、スクリーンと自分の眼との距離が、一間とは隔たぬ所から、映画を見ていますと、これに似た恐怖を感じることがあります。それは多く、暫く弁士の説明が切れて、音楽も伴奏をやめている時です。私は時として、巨人達の息づかいを聞き分けることが出来ます。

映写中に、機械の故障で、突然フィルムの回転が止まることがあります。今迄スクリーンの上に生きていた巨人達が、ハッと化石します。瞬間に死滅します。生きた人間が突如人形に変って了うのです。

私は活動写真を見物していて、それに逢うと、いきなり席から立って逃げ出したい様なショックを感じます。生物が突然死物に変るというのは、可也恐しいことです。甚だ現実的な事を云う様ですが、この恐怖には、もう一つの理由があります。それはフィルムが非常に燃え易い物質で出来ている点です。そうして廻転が止っている間に、レンズの焦点から火を発して、フィルム全体が燃え上り、劇場の大火を醸した例は屢々聞く所です。私は、スクリーンの上で、巨人達が化石すると、すぐにこの劇場の大火を聯想します。そして妙な戦慄を覚えるのです。

あなたには、こんな経験はないでしょうか。

私は、いつか、場末の汚い活動小屋で、古い映画を見ていたことがあります。そのフィルムはもう何十回となく機械にかかって、どの場面も、どの場面も、まるで大雨でも降っている様に傷いていました。多分時間をつなぐ為だったのでしょう。それを、眼が痛くなる程、おそく廻しているのです。画面の巨人達は、まるで毒瓦斯に酔わされでもした様に、ノロノロと動いていました。ふと、その動きが少しずつ、少しずつのろくなって行く様な気がしたかと思うと、何かにぶっつかった様に、いきなり廻転が止って了いました。顔丈け大写しになった女が、今笑い出そうとするその刹那に化石して了ったのです。

それを見ると、私の心臓は、ある予感の為に、烈しく波打ち始めました。早く、早く、電気を消さなければ、ソラ、今にあいつが燃え出すぞ、と思う間に、女の顔の唇の所にポッツリと、黒い点が浮き出しました。そして、見る見る、丁度夕立雲の様に、それが拡がって行くのです。一尺程も燃え拡った時分に、始めて赤い焔が映り始めました。巨大な女の唇が、血の様に燃えるのです。彼女が笑う代りに、焔が唇を開いて、ソラ、彼女は今、不思議な嘲笑を始めたではありませんか。唇を嘗め尽した焔は、鼻から眼へと益々燃え拡って行きます。元のフィルムでは、ほんの一分か二分の焼け焦に過ぎないのでしょうけれど、それがスクリーンには、直径一丈もある、大きな焔の環になって映るのです。劇場全体が猛火に包まれた様にさえ感じられるのです。

　スクリーンの上で、映画の燃え出すのを見る程、物凄いものはありません。それは、ただ焔の恐怖のみではないのです。色彩のない、光と影の映画の表面に、ポッツリと赤いものが現れ、それが人の姿を蝕んで行く、一種異様の凄味です。

　あなたは又、高速度撮影の映画に、一種の凄味を感じませんか。我々とは全く時間の違う世界、現実では絶対に見ることの出来ぬ不思議です。あすこでは、空気が水銀の様に重く見えます。人間や動物は、その重い空気をかき分けて、やっとのことで蠢いています。えたいの知れぬ凄さです。

　私はある時、こんな写真を見たこともあります。

　スクリーンの上半分には、どす黒い水がよどんでいます。下半分には、えたいの知れぬ海草が、まっ黒にもつれ合っています。丁度無数の蛇がお互に身を擦り合せて、鎌首をもたげてでもいる様に。海底の写真なのです。それが、いつまでもいつまでも何の変化もなく映っています。見物達が退屈し切って了う程も。と、海草の間から、フワリと黒いものが浮き上って来ます。やっぱり海草の一種らしく見えるものです。何であろうと思っていますと、その黒いフワフワしたものの下から、ポッカリと白いものが現れて、それが、矢の様に前方に突進して来ます。ハッと思って見直すと、もうそこには、画面一杯に女の顔が映っているのです。藻の様にかみの毛を振り乱した、まっぱだかの女の顔が。それから、彼女は色々に身をもがいて、溺死者の舞踏を始めます。

水中の人間を、同じ水の中から見る物凄さは、海水浴などでよく経験します。そして、それは高速度撮影の映画から受ける、不思議な感じと似た味いを持っています。

これも場末の活動小屋で発見した、一つの恐怖です。小屋の入口で、お客に一つずつ、紙の枠に、右には赤、左には青のセルロイドを張りつけた、簡単な眼鏡を渡します。何の故とも分らずに、私はそれを受取って小屋の中へ這入ります。見ると正面の舞台には、「飛び出し写真」という文字を書いた、大きな立看板が立ててあります。なる程、実体鏡の理窟で、映画に奥行をつける仕掛けだなと、独合点をして、それでも、その飛び出し写真の番を待ち兼ねます。

やがて愈々それが映り始めます。ただ見ると、赤と青とのゴッチャになった、何とも形容の出来ない、(それ故一寸凄くも感じられる)画面ですが、木戸で渡された色眼鏡を通して見ますと、それがちゃんと整った奥行きのある形になるのです。ここまでは至極あたり前のことで、何の変てつもありません。が、さて映画の進むにつれて、実に不可思議な現象が起り始めるのです。

写真は凡て簡単なもので、画面に人間とか動物とかが現れて、それがズーッと見物の方へ近附いて来るとか、何か手に持った品物を前方へつき出すとか、ほんの一寸した動作を、幾場面も撮したものに過ぎません。例えば一人の男が現れて、非常に長い木の棒を見物の方へそろそろと突き出します。ある程度までは、その棒は画面の中で延びています。仮令奥行がついても画面の中で奥行がついているに過ぎません、(ここまでは普通の実体鏡と同じことです)ところが、ある程度を越すと、棒の先端が画面を離れて、少しずつ少しずつ見物席の方へはみ出して来ます。そして、前の方の見物達の頭の上を通り越して、空中を進みます。まるでお伽噺の魔法の杖の様に、どこまでもどこまでも延びて来ます。私は余りの恐しさに、思わず眼鏡を脱します。するとそこには、やっぱりゴチャゴチャした赤と青との画面が、無意味に動いているばかりです。

又眼鏡をかけますと、棒の先端はもう眼の前二三寸の所まで迫っています。それでもまだ少しずつ少しずつ延びているのです。そして、二寸、一寸、五分と迫って来て、ハッと思う間に、その棒の先が、グサッと私の目につきささります。

同じ様にして、恐しいけものが、私に向って突進して来たり、スクリーンから吹き出すホースの水が私の眼鏡をぬらしたり、もっと恐しいのは、一つの髑髏が、まっくらな空中を漂って来て、私の額にぶつかったりします。無論それらは皆一種の錯覚に過ぎないのですけれど、色眼鏡を通して見た、妙に陰欝な世界で、こんな不思議に接しますと、丁度、醒めようともがきながら、どうしても醒めることの出来ない、恐しい悪夢でも見ている様で、その映画が終った時、私の腋の下には、冷い汗が一杯にじんでいた程も、変な恐怖を感じたものです。

これはよくあることですが、映画のあと先が傷つくのを防ぐ為に、不用なネガチブのフィルムが継ぎ合せてある、それがどうかした拍子に、スクリーンへ現れることがあります。例えば一つの映画劇が、おきまりのハッピイ・エンドで終るとします。見物達は多少とも興奮状態に居ります。そして、いよいよこれでおしまいだ。さて拍手を送ろうとしている彼等の前に、ふと不思議なものが映ります。それは、劇の筋とは全然関係のない、而もネガチブの（光と影とが正反対になっている）景色や人物などです。

一番恐しいのは、それが人物の大写しである場合です。そこには白い着物を着た白髪頭の、大仏の様な姿が蠢いています。無論顔はまっ黒です。そして、目と唇と鼻の穴丈け、白くうつろになっているのが、その人物を、まるで人間とは違ったものに見せます。あれに出くわすと、私は、突然映画の廻転が止った時と同様の、或はそれ以上の恐怖を感じます。活動写真というものは、何と不思議な生き物を創造することでしょう。

映画の恐怖。活動写真の発明者は、計（はか）らずも、現代に一つの新しい戦慄を、作り出したと云えないでしょうか。

墓場の秘密

あなたは死の不可思議について考えられたことがあるでしょうか。どこまでを生(せい)といい、どこまでを死というのか、この、世にも恐るべき疑問について少しでも考えて見られたことがあるでしょうか。古来多くの医家によって、このことは屢(しばしば)論議せられました。しかもそれは、今日に至るまで解決を見ないでいるというではありませんか。それらの医家は、死の徴候といわれているものが如何に曖昧(あいまい)な、たよりないものであるかを、多くの実例によって立証しております。

あなたは葬儀の最中に、棺桶の中でうめき声を発した死人の話を聞かれたことがありますか。私などは、縁者(えんじゃ)のものの実話としてそれを聞いたことがあります。あらゆる死の徴候(ちょうこう)を示し、医師も死と断定したものが、今や埋葬せんとする間際に甦(よみがえ)ったのです。これは何という戦慄すべき事柄でありましょう。若し已に埋葬したあとで、このことが起ったとしたらどうでしょう。彼は果して棺桶を破り土を掘って、この世に出て来ることが出来たでしょうか。身体を動かすことも出来ない暗闇の箱の中で、刻々に迫る空気の欠乏に、衰えた手足をもがきながら、狂い死(じに)に死んでしまうようなことはなかったでしょうか。

ある人は、死が確定されて後、解剖台の上で、一たちメスを当てられた時、突如として甦りました。而(しか)もその時には已に、メスによって新しき致命傷を与えられていたのです。これは何という痛ましい事実でありましょう。

彼の肉体は明かに死の徴候を示し、周囲の人々は彼の死をいたみ埋葬の準備に着手している時、彼自身の心はまだ死なないでいて、意志を表示するすべもなく、その騒ぎを傍観(ぼうかん)していなければならないとしたら、その苦しみはどれほどでありましょう。そして、棺に納められ、読経(どきょう)の声を聞き、今や地下深く埋められようとする時、或は火葬の竈(かま)に入れられようとする時の心持、想像するだに身の毛がよだつではありませんか。これは事実あり得ることなのです。多くの蘇生者（そせいしゃ）の経験談によりますと、彼等は皆、肉体こそ静止の状態にあっても、心は絶えず働いていたといいます。数時間水底に沈んでいて、明かに溺死した人が、その間一瞬間と雖（いえど）も意識を失わなかったという実例を聞いたこともあります。

ところで、お話は「墓場の秘密」なのですが、以上の実例から類推しますと、墓場の中で人知れず蘇生し、そこから抜け出すほどの力もなく、また人知れず死んで行った人の数は、意外に多いかも知れないのです。埋葬の後時（のち）を経て墓場を発掘して見たならば、その骨は納棺した時の姿勢と、まるで違った、苦悶の様（さま）を現わしているかも知れません。骸骨の姿勢になって死者の一度甦ったことを推察するなんて、これほど痛ましいことがありましょうか。

エドガア・ポオは「早過ぎた埋葬」という小説の中で、この種の戦慄を生々しく描き出しています。それは様々の実例に充ちた医書にもまして、恐怖すべき記述であります。あなたが若し、已にあの小説をお読みになっているならば、私の饒舌（じょうぜつ）は寧（むし）ろ蛇足でありましょう。でも、併（しか）し、ここに一つポオが、まだ説き及ばなかった、世にも恐るべき「墓場の秘密」があります。若しあなたの神経が許すならば、それを今お話し致しましょうか。

千八百年代フランスにあった事実です。妊娠中の一婦人が死亡し埋葬されましたが、暫くして、ある事情からその墓場を発掘しなければならないことが起りました。そして、墓を開き棺の蓋を取った時、そこには見るも恐ろしき光景が展開されていたのです。

婦人の唇は彼女自身の歯によってズタズタに嚙（か）みくだかれ、顔中がドス黒い血に染まり、握りしめた両の手、踏み拡げた両の足は、堪えがたき苦悶を現していました。何故なれば彼女は左程の苦しみを味わねばならなかったのでしょう。それは、あなたも已に想像なすった通り、彼女は棺中に目覚めると共に産気づいたのです。そして暗闇の土中に一児を分娩したのです。生れたばかりの嬰児の死体が、汚物にまみれてそこにころがっていたのです。

ああ、あなたはあまりの気味悪さに顔をそむけていらっしゃいますね。御尤もです。御尤もです。併し、これは如何に気味悪くとも、一応考えて見てもいい事柄ではないでしょうか。華かに見える人生の隅っこには、どんなにみじめな事実が存在しているかを。そこが秘密というものの不気味さでしょう。

埋葬後の分娩ということは決して右の一例に止まらないのです。ハルトマン、[*44]ケンプナアなどの著書には、この種の実例が一二ならず散見するのであります。土中に甦るというだけでもう充分に悲惨です。その上、いき苦しき暗闇の中で産みの苦しみをもがき、そして、生れた子供の泣き声を聞いた時の母親の心持は、まあ何という地獄でありましょう。頑丈な棺桶は、女の細腕にどう押し破ることが出来ましょう。泣けばとて叫べばとて、その声が土の上まで届く筈はありません。母親は、束の間の命を忘れて、その闇の世界で、泣きわめく愛子を抱きしめ頬ずりをし、その小さな口に、彼女の凋びた乳房を含ませはしなかったでしょうか。

共同墓地などを歩いていて、私はよく思うことです。あの何気なく押し黙った石塔の下には、人生の苦闘を逃れて安らかな眠りについた筈の人々が、実はこの世の如何なる苦しみにもました大苦悶にもがいているのではなかろうかと。耳をすませば、それらの死人共のうめき声が聞えて来るような気がします。まさか今の世に、生るべき嬰児を過って母体と共に葬るような事柄はないでしょうが、それでも、上記の実例などを聞きますと、墓地の底から、母親の苦悶の声や、嬰児の甲高い泣き声などが、まざまざと聞えるような感じさえするのです。

「墓地の秘密」についてはまだ色々お話したいこともあるのですが、書いている私自身も少し気持が悪くなって来ましたし、それに指定の枚数も尽きたことですから、これで擱筆致します。心ないことを書き記し、御気分が悪くなったかも知れませんね。

ある恐怖

恐怖もやはり進化するものの様である。昔の恐怖は最早や我々に通用しない。幽霊だとか化物だとかを探偵小説に取入れても、一向迫真性の出ないのはその為だ。少くとも科学的探偵小説の幽霊怪物は、結局、作り事だったという落ちの外ないので、そう極っていては面白くもなんともない。

近頃流行るのは白昼の恐怖である。昼日中雑沓の巷で、ふと感じる、あの恐怖である。ひいては心理的恐怖が流行する。錯誤の恐怖などそれだ。ルヴェルの作品の多くはこの心理的恐怖を取扱っている。併し、肉体的危険に対する恐怖、血の恐怖などは永遠性がある。これは昔と変らない。医学的探偵小説の歓迎される所以である。幻想の恐怖、夢の恐怖も我々に通用する。ド・クインシイは阿片喫煙者の恐怖を生み出した。ひいては狂気の恐怖というものもあり得る。

其他様々の近代的恐怖がある。が、それを洩れなく列挙するのが私の目的ではない。私は、右に上げたものとは又味の違う、私にとっては最も魅力ある数ケの恐怖について書いて見ようと思うのだ。

沙漠旅行者の恐怖——といっても、人畜を埋めて了う沙漠のあらしや、「水の恐怖」を指すのではない。磁石を持たないで曇天つづきの沙漠を旅行する人の恐怖だ。見渡す限り何の目標もない。彼はただ自分の足を、或はラクダの足を信用して、目的の方角だと思う方へ進んで行く外はない。ところが人畜の足は、右と左と歩幅がキッチリ同じだとは極っていない。大抵は微少な差があるものだ。この歩幅の差が、一町や二町では現れて来ないけれど、何里という道を歩く内には、彼は歩幅の狭い方の足を内側にして、大きな円を描いて進んでいる様な結果を持ち来す。一日で一週するか二日で一週するか、それはその人の両足の歩幅の差の大小によるがとも角も、彼は広い沙漠の中で、永久に円を描いて歩きつづけなければならない。竹藪もなにもない、目をさえぎるもののない「八幡の藪知らず」だ。

暗室の錯覚――ポオ[*68]の「ザ・ピット・アンド・ザ・ペンデュラム」の恐怖だ。真暗な地下室へおし込められたとする。それは四角の壁と床の外にはドアも何もない部屋だ。押込められた男は、そこが部屋だか何だかまるで知らないのだ。彼はまず手探りで壁に達する。それから壁を伝って歩き出す。一つの曲り角へ来る。更らに歩く。二つ目の角へ来る。又歩く。そうして四つ目の角に達する。それで彼は部屋を一週した訳だ。併しくら闇の彼にはそれが分らない。彼は続けて歩く。どこかに出口がないかとあくまで手探りをやめない。そして第五の角に来る。これは既に一度通った第一の角だけれど、彼にはそうとは思えない。そして、第六、第七、第八と、彼は永久に歩きつづける。第八の角へ来た時、彼はこの部屋は八角の部屋だなと思う。第十六の角へ来た時、彼は十六角の部屋だと思う。そして、歩くに従って角が増し、部屋の広さも増す。遂には、無限に広い、無限の角を持った多角形の部屋が想像される。私は最近信濃の善光寺に詣でて、これと似た錯覚を経験した。善光寺の本堂の地下に、「カイ段廻り」と称する暗道がある。信者に云わせると大変やかましい物だ。一つの入口から地下に這入って、又そこへ戻って来るのだ。道は両側に壁があって、迷うことはない。中へ這入ると真の闇だ。私はあんな暗さを経験したことがない。本当に何も見えない。触感がある丈けだ。右の手で壁を触りながら進む。壁の所々に太い柱が出ていて、そこで右の方へ曲り角度がついている。その柱が幾本もある。我々は四本の柱を過ぎると、それで一週した様な錯覚を起す。それが幾本もあるものだから、幾週もした様な気持になる。暗道は、蝸牛の殻の様に、渦を巻いて中心に向って進んでいる様な感じがする。パッと明るくなって、もとの入口へ出ると、非常に変な気持だ。あれでたった一週した切りなのかと驚かれる。その時私は、ポオの上述の作品を思出して、暫く暗中の錯覚について友達と語り合ったことである。

底無し沼――私は確か涙香訳[*69]の「山と水」という小説で、この恐怖を味った。どこまで行っても柔い泥ばかりで、余程深く這入らぬと底に達しない様な、所謂底無し沼というものがある。恐らく日本にだってあるだろう。これを表面から見ると、普通の土地の泥濘（でいねい）と少しも変りがないので、人は誤ってそこへ踏み込んでも、左程驚かない。もがけば足を抜くことが出来ると思っている。ところが、そこには底というものがないのだ。彼は騒げば騒ぐ程、少しずつ少しずつ沈んで行く。膝から腰の辺までも沈むと、彼は始めて死の恐怖に打たれる。答えるもののない死にもの狂いの努力が始まる。青ざめた額に雨の様な汗がしたたれる。そして腹、胸、頸と彼の身体は泥中に没して行く。その時彼はどんな叫声を発することであるか。一つの木切れでも、一本の藁でも、彼は真剣になって摑もうとするのだ。何という恐ろしいことだ。やがて彼の全身は、沼の表面から姿を消して、ネバネバした無限の泥の中を、同じ速度で、遅々（ちち）として沈んで行く。どこまでもどこまでも沈んで行く。

其他、書けば色々の恐怖がある。活動写真を見ている時の不可思議な戦慄もその一つだ。電話やラジオの声を聞いている時の異様な悪寒もその一つだ。だが最後に、以上の何者にもまして恐ろしいのは、恐らく人間というものではないだろうか。即ち私達が自分自身の内側を覗いた時の、深き深き恐怖ではないだろうか。私は世の中に何が怖いといって、私自身程怖いものはない様な気がする。その卑近な一例は読者諸君、自分の顔を鏡に写して、じっと見つめて御覧なさい。諸君はそこにあるおのれの影に、ある深い恐怖を感じはしないでしょうか。

群集の中のロビンソン・クルーソー

イギリスのアーサー・マッケンの自伝小説に「ヒル・オヴ・ドリームズ」というのがある。それは一年程の間ロンドンの下宿屋で、ロビンソン・クルーソーの生活をした記録であって、それ故にその小説の中には、人間的な交渉は皆無で、会話も殆どなく、ただ夢と幻想の物語なのだが、私にとって、これ程あとに残った小説は近頃珍らしいことであった。

この「都会のロビンソン・クルーソー」は、下宿の一室での読書と、瞑想と、それから毎日の物云わぬ散歩とで、一年の長い月日を唖のように暮したのである。友達は無論なく、下宿のお神さんとも殆ど口を利かず、その一年の間にたった一度、行きずりの淫売婦から声をかけられ、短い返事をしたのが、他人との交渉の唯一のものであった。

私は嘗つて下宿のお神さんと口を利くのがいやさに、用事という用事は小さな紙切れに認めて、それを襖の隙間からソッと廊下へ出して置くという妙な男の話を聞いたことがある。マッケンの小説の主人公も恐らくそのような人物であったに違いない。これは厭人病の嵩じたものと云うことも出来よう。だが、厭人病こそはロビンソン・クルーソーへの不可思議な憧れではないだろうか。

私の知っているある画家の奥さんは、夫の蔭口を利く時に口癖のように、あの人は半日でも一日でも、内のものと口を利かないで、そうかと云って何の仕事をするでもなく、よく飽きないと思う程、壁と睨めっこをしていますのよ。まるで達磨さんですわね。と云い云いしたものである。この画家は恐らく家庭でのロビンソン・クルーソーであったのであろう。

「ジーキル—ハイド型」という形容詞で人間の心の奥底のある恐ろしい潜在願望を云い現わすと同じように、「ロビンソン型」の潜在願望というものがあるのではないかしら。そういう潜在願望があればこそ、

「ロビンソン・クルーソー」の物語はこのように広く、このように永く、人類に愛読されるのではないかしら。我々がこの物語を思い出す毎に、何とも形容の出来ない深い懐しさを感じるのは、それに初めて接した少年時代への郷愁ばかりではないような気がする。人間は群棲動物であるからこそ、その潜在願望では、深くも孤独にあこがれるということではないのかしら。

考えて見ると、世に犯罪者ほどこの潜在願望のむき出しになっているものはない。密林の中で木の実、草の根を食って生きていた「鬼熊」[*39]だけがロビンソン・クルーソーなのではない。犯罪者という犯罪者は、電車の中でも縁日の人通りでも、群集の中のロビンソン・クルーソーである。若し人に犯罪への潜在慾望があるものとすれば、「ロビンソン願望」もその一つの要素を為しているのかも知れない。

私は浅草の映画街の人間の流れの中を歩いていて、それとなくあたりの人の顔を見廻しながら、この多勢の中にはきっと一人や二人の犯罪者が混っているに違いない、若しかしたら今人殺しをして来たばかりのラスコリニコフが何食わぬ顔をして歩いていないとも限らぬ、という事を考えて見て、不思議な興味を感じることがある。彼にとっては、肩をすれすれの前後左右の人間共が、彼とは全く違った世界の生きものであり、彼自身は人群れの間を一匹の狼が歩いている気持であろう。それは恐ろしいけれども、又異様に潜在願望をそそるところの気持である。

イヤ、犯罪者に限ったことではない。と私は考えるのだ。映画街の人込みの中には、なんと多くのロビンソン・クルーソーが歩いていることであろう。ああいう群集の中の同伴者のない人間というものは、彼等自身は意識しないまでも、皆「ロビンソン願望」にそそのかされて、群集の中の孤独を味いに来ているのではないであろうか。試みに群集の中の二人連れの人間と、独りぼっちの人間との顔を見比べて見るがよい。その二つの人種はまるで違った生きもののように見えるではないか。独りぼっちの人達の黙りこくった表情には、まざまざとロビンソン・クルーソーが現われているではないか。だが人ごとらしく云うことはない。私自身も都会の群集にまぎれ込んだ一人のロビンソン・クルーソーであったのだ。ロビンソンになりたくてこそ、何か人種の違う大群集の中へ漂流して行ったのではなかったか。

彼自身の内に異端者を感じない人間はないのと同じように、人は皆ロビンソン・クルーソーである。人の心の奥底には、意識下の巨人となって、一人ずつのロビンソン・クルーソーが住んでいるのに違いはない。

人形

一

人間に恋は出来なくとも、人形には恋が出来る。人間はうつし世の影、人形こそ永遠の生物。という妙な考えが、昔から私の空想世界に巣食っている。バクの様に夢ばかりたべて生きている時代はずれな人間にはふさわしいあこがれであろう。

逃避かも知れない。軽微（けいび）なる死姦（しかん）、偶像姦の心理が混っていないとはいえぬ。だが、もっと別なものがある様に思われる。

ハニワがどんな役目を勤めたか。美しい仏像達が、古来どれ程多くの人間を、有頂天（うちょうてん）な信仰に導いたか。ということを考えただけでも、人形の持つ、深い恐ろしい魔力を知ることが出来る。

私は古い寺院に詣（もう）でて、怪異な、あるいは美しい、仏像群の間をさまようのが好きである。そこでは私という人間が、何と空々しいたよりない存在に見えることであろう。あの仏像達こそ、生き物ではないかも知れぬが、少くとも、我々人間に比べて、ずっとずっと本当のものであるという気がするのだ。

私は幼い時分、殊更（ことさら）人形を愛玩した記憶はない。人形について始めてある関心を持ったのは、母からか祖母からか、恐らくは草双子（くさぞうし）ででも読んだのであろうか、ある怪異な物語りを聞かされてからであった。

ある大家（たいけ）のお姫様の寝室で、夜毎にボソボソと人の話声がする。ふとそれを聞き付（つけ）た乳母が、怪しんで、唐紙の外から立聞きしているとも知らず、中の話声はなんなんとして続くのだ。

相手は正しく若い男の声、ささやくは恋の睦言(むつごと)である。いやそればかりではない。二人はどうやら一つしとねに枕を並べている気配だ。

乳母が翌朝、そのことを告げると、「マア、あの内気な姫が」と親御達の驚きは一方でない。どこの男か知らぬが、姫を盗む大それた奴、今夜こそ目にもの見せてくれると、父君はおっとり刀で、時刻を計って姫の寝室へ忍び寄り、耳をすますと、案の定男女の甘いささやき声。矢庭(やにわ)に唐紙を開いて飛込んで見ると……

これはまあ、どうしたことだ。姫が枕を並べて、寝物語りを交していたのは、生きた人間ではなくて、日頃姫の愛蔵する、紫の振袖なまめかしい、若衆姿の人形であった。人形のせりふは、恐らく姫自からしゃべっていたのであろうが。私の祖母（?）は、『でもね、古い人形には、魂のこもるということがあるからね』と聞かせてくれた。

六七歳の時分に聞いたこの怖い美しい話が、その後ずっと私の心にこびりついて、今でも忘れられぬ。私は嘗て(かつ)、「人でなしの恋」という小説を書いて、此幼時の夢を読者に語ったことがある。

話はとぶが、それにつけて、ごく最近、私を非常に喜ばせた人形実話がある。今のところ、それが私が人形について心を動かした最後のものだ。

二

その話は、当時新聞や雑誌にものったことだから、詳しくは書かぬが、昭和四年の暮、大井(おおい)某という人が、蒲田の古道具屋で、古い等身大の女人形を買求め、家へ帰ってその箱を開くと、生きた様な美人形の顔がニッコリ笑ったというので、大井某は発狂してしまった。

こわくなって、箱ごと荒川へ捨てると、水は流れているのに、人形の箱だけが、ぴったり止まったまま、少しも動かぬ。重なる怪異に胆を消した大井某の妻女は、又その箱を拾いあげて、付近の地蔵院という寺へ納めてしまった。

調べて見ると、箱のフタに古風な筆跡で「小式部」と人形の名が書いてある。段々元の持主を探った所が、三十年程前に、熊本の或る士族から出たもので、その男は、この人形と二人切りで、孤独な生活を営んでいたが、人形の髪なども、手ずから、色々な形に結ってやったりするのを、近所の人が見かけた、ということまで分った。

更に人形の由来を聴くと、文化の頃、吉原の橋本楼に小式部太夫という遊女があった。同時に三人の武家に深く思われ、三人に義理を立てる為に、人形師に頼んで、自分の姿を三体刻ませ、武家達に贈ったのだが、不思議なことには、人形のモデルになっている間に、当の小式部は段々身体が衰え、最後の人形が出来上ると同時に、息を引取ったというのだ。

この話を読んだ時、私はすぐ様、エドガア・ポオの「楕円形の肖像」という物語りを思いだした。事実と小説の符合というものは、あるものだなと、つくづく感じたことである。この話は正しく偶像姦といってもよいのだが、熊本の武士が、孤独の住居で、唯一の相手の人形の髪を結ってやっている有様を想像すると、私はほほえましく、その武士の心持に同感出来る様な気がするのだ。

「今昔妖談集」という本に、これとよく似た話が出ている。

「いつの頃よりか、京大阪の在番の歴歴、もて遊びとすることあり、大阪竹田山本の類の細工人の工夫にて、女の人形を人程にこしらへ（中略）ぜんまいからくりにて、手足を引しめ自由に動くこと生ける人の如し」菅谷（すがや）という武士が、江戸の遊女「白梅（しらうめ）」というものに似せて、この人形を造らせ、ある夜、その人形とたわむれている時「いかに白梅、そなたは我をかあいく思ひ給ふか」と尋ねて見ると、人形口を動かして「如何（いか）にも、いとしうこそ」と答えた。

驚いた菅谷は、きつね、たぬきの業（わざ）ならんと、枕許のわき差取って「白梅」の人形を真二つにしてしまった。

これは京都の出来事だが、丁度それと時を同じうして、江戸吉原の本物の白梅太夫は、初会の客に斬り殺されていた。（初会の客のこと故、殺害の理由は少しもなかったのだ）という話である。

三

人形は生きているのだ。モデルがあれば、そのモデルと魂を共有するのだ。丑（うし）のとき参りのワラ人形の迷信などが生れてくるのも、決して偶然ではない。

この種の事実談（?）は古い本の到る処に散見する。人間の女がでくのぼうと契（ちぎ）って子を産んだ話。子なき女が赤ン坊の人形を作って、乳をのませる話。江戸中期男色全盛の頃、寵愛（ちょうあい）する若衆に似せた、「若衆人形」を作らせて、愛玩した事実。面白い話が、非常に沢山ある様だ。

人形が生きていることに関聯して、当然思出すのは、文楽（ぶんらく）の人形である。あれも創始時代は、ひどく簡単なでくのぼうであったのが、段々、指を動かし、腹をふくらませ、目、眉を働かす仕掛が出来たあとを尋ねるのは面白い。遣い手も、最初は幕の陰にかくれて、一人で遣ったのが、今では三人がかりの出遣いと進化した。

そして、とうとう、あの人形め生命を吹き込まれてしまったのだ。芝居がすんで、一間にとじこめられた人形共が、夜など、ボソボソボソボソ話し合っているのが聞えるという位だ。あの人形に比べては、生きた役者の方が、ニセ物に見えてくるのは恐ろしいことだ。私は文楽人形が、舞台で静止している時の、あのかすかな息遣いを見ると、ふと怖くなることが屢々である。

「夜の楽屋に師直（もろなお）と判官（はんがん）の人形、よもすがら争ひたることあり。うしみつ頃楽屋に入れば、必ず怪異を見るといふこと、さもあるべきにや。首は切りてタナに目を開き、腕はちぎれて血綿のくれなゐにそみ、怒れるあれば笑ふあり、もとこれ人の霊を写せし所なり」などいうのが、本当らしく思われてくる。

昔の人形師が、製作に一心をこめたことはよく聞く所だ。かさを冠った木彫り人形が、年を経て、かさの部分がこわれたあとを見ると其下に、ちゃんと額から上の部分が細かく彫刻してあった話。着物を着せて飾る人形の身体に、丹念に刺青（いれずみ）を彫刻して置いた人形師の話など、面白い。

そういうたん念な人形師が、現代でもないことはない。浅草の花（はな）やしきをぶらついていると、時々ギョッとして立ちすくむことがある。さりげなく庭の隅などに置いてある人形を、本当の人間と思い違え、笑いかけても、先方はいつまでも不気味な無表情を続けている。気違いめいた恐怖だ。

私は花やしきの人形に感心したものだから（あれはこの新聞に「一寸法師」を書いていた時分で、作中に入用があったからだと思う）館の人に人形師を尋ねると、山本福松（やまもとふくまつ）氏だと教えてくれた。その後私ははにかみ屋だものだから、友達に頼んで福松氏を訪ね、色々話を聞いてもらったことがある。

四

段々需要が少くなって、人形師も亡びて行ったが、それでもまだ東京に三軒（？）程人形師の家が残っている。子供の時分聞き慣れた安本亀八の第何世かも、自分では手を下さぬが、弟子に仕事をやらせている。現に仕事をしている人では、山本福松氏が昔ながらのたん念な人形師らしく思われる。

幕末の泉目吉の無残人形は有名だ。

「本所回向院前に住居した人形師なり。この者いう霊生首等をつくるに妙を得たり。天保の初造るところの物を両国に見せたり。その品には土左衛門、首縊り、獄門女の首をその髪にて木の枝に結びつけ、血のしたたりしさま、又亡者ををけに収めたるに、ふたの破れて半あらはれたる、又人を裸にし、数ケ所に傷をつけ、咽のあたりに刀を突立てたるまま、総身血にそみて目を閉ぢず、歯を切りたる云々」

月岡芳年の血みどろ絵と好一対をなす、江戸末期の無残ものだ。これに類する見世物が、私の少年時代、明治四十年前後には、まだちょいちょいあった。私の見たのは例の八幡のやぶ不知（メーズ）と組合せた見世物だが、薄暗い竹やぶの迷路を、おっかなびっくり歩いて行くと、鉄道の踏切の場面などがあって、今汽車に轢き殺されたばかりの血みどろの、バラバラに離れた五体が、線路の上に転がっているのだ。いやらしく、不気味ながら、何と人をひきつける見世物であったか。私は二度も三度もそこへ入ったものだ。

で、現代の山本福松氏にそのことを話して、今でもそんな種類の人形を作ることがありますかと、尋ねてもらったところ、『今では、許されもしませんし、そういう好みはなくなった様です。然し御注文とあれば作らぬこともありません』とのことであった。

私は「蜘蛛男」という読み物に、全く空想で人形工場を書いたことがある。福松氏はそれを読んでいて、「あれは私の家をモデルにしたのではありませんか」と尋ねた由(よし)だ。聞いて見ると、私の空想は大して間違ってもいなかった様子である。

生人形の首は、桐(きり)の木に細いシワの一本まで彫刻して、ご粉を塗り、磨きをかけるのだが、この生首が、福松氏の家の押入という押入に、充満している光景は、ゾッとする程物すごいものだと、私の友達が話した。

生首の物すごさでは、併し、蠟(ろう)細工の工場のたなの方が、もっと恐ろしい。これも右の友達を煩わして見聞したのだが、東京には五六軒蠟人形の工場がある。ショウインドウの人形、ドラッグの人形、衛生博覧会の人形、下っては、飲食店のガラス窓に並ぶ、御馳走(ごちそう)の見本まで、そこで製作している。

その工場へ行くと、出来そくないの、青ざめた、奇形な蠟人形の首ばかりが、たなの上に山と積まれ、それが、生きた目でこちらをにらんでいる有様は、何ともいえぬ恐ろしい感じだという。

蠟細工は、原料の合せ方に秘伝があるばかりで、製作は極めて簡単だ。特別の場合を除いては、何でもモデルになるものに、直接石膏とか寒天(かんてん)とかをぶっかけて、型を取り、その内側へ薄く蠟を塗って行く。

五

人体の場合も同じことで、女なら女のモデルをつれて来て、その膚に直接石膏を塗りつける。その方が美術家に頼んで彫刻を使うよりも、簡単でもあり、真に迫ったものが出来るということだ。

蠟人形について、色々面白い話がある。蠟細工は前にも述べた通り、ごく薄く出来、多少の弾力もあるので、これを用いて、舞台の上で、完全に二人一役を実演することが出来るという話も、その一つだ。そっくり同じ顔の人物が同時に舞台に現れる、例えばマッカレーの「双生児の復讐」の如きものは映画でしか演じ得ないことと思っていたが、蠟面によると、それが現実の舞台でやれるのだ。現に猿之助と花柳章太郎(はなやぎしょうたろう)とが、これを舞台に用いて、ある程度の成功をおさめている。

その方法は、その俳優の顔へ石膏を塗り、デス・マスクを取る様にして、生仮面を作り、それを他の俳優が、スッポリ耳のうしろまで冠って、同時に舞台に現れるので、無論口は利けぬ故、ただ全く同じ顔の男が、二人いるということを、見物に見せるに止まるけれど、それでも、探偵劇などには、何と持って来いの道具ではあるまいか。

ちょっと信じられぬ様なことだが、現に実際に用いた俳優もあるのだし、蠟人形というものが、どんなに本物そっくりに出来るかを考えて見たら合点がゆくと思う。

ボツボツ紙数がなくなって来たので、いそいで、もう一つだけ、蠟人形の話を書くと、ある蠟細工工場へ、一人の青年が訪ねて来た。(多分青白い、内気な青年であったことだろう)そしていう事には、モデルは写真があるのだが、等身大の女の全裸像を作ってほしい。顔も身体の格好もモデルそっくりに出来るのでしょうね。姿は、あお向に寝ている所です。それで、一体いか程で出来ましょうか。という質問だ。

工場の人がいくら程ですと答えると、(何でも二百円位の値段だったと思う)思ったよりも高価なので、青年はあきらめて、すごすご帰って行ったという事実談である。

色々な邪推の可能な、面白い話だ。いや、考え方によっては、ゾッとする程、恐ろしい話だ。偶像姦だとか、血みどろ人形だとか、いやらしいことばかり書いたが、そういういか物は別として、私は仏像からあやつり人形に至るまでの、あらゆる人形に、限りなきみ力を感じる。

もし資力があったなら、古来の名匠(めいしょう)の刻んだ仏像や、古代人形や、お能面や、さては、現代の生人形や、蠟人形などの群像と共に、一間にとじこもって、太陽の光をさけて、低い声で、彼等の住んでいるもう一つの世界について、しみじみと語って見たい様な気がするのだ。

郷愁としてのグロテスク

グロテスクは、人類にとっては太古のトーテム芸術への郷愁であり、個人にとっては幼年時代の鬼や獅子頭への甘き郷愁ではないであろうか。いずれにもせよ、グロテスクの美は「今」と現実とからは全くかけ離れた夢と詩の世界のものである。

地下深く埋没されていた古代建築の壁模様から名付けられたこの言葉の起源そのものに、既に人類の郷愁が含まれてはいなかったか。ラファエルをしてそのグロッタ絵を建築の装飾模様に応用せしめたものは、巨匠の怪奇と神秘への郷愁ではなかったか。

郷愁としてのグロテスクは、国宝の宗教美術から地獄極楽の見世物に至るまでのあらゆる等級の内に、そして又、ダンテの「神曲」や「ファウスト」や「マクベス」などの歴史的作品から現代怪奇小説に至るまでのあらゆる等級の内に、人類の遙かなるトーテム時代への夢をそそっている。パン神にも、サテュールにも、西洋中世の宗教画の悪魔にも、東洋の地獄絵にもムンクの怪奇画にも、写楽や暁斎の版画にも、初期人形芝居にも、大南北の恐怖劇にも、馬琴、京伝の怪奇物語にも、泉目吉の生人形にも、下っては場末の覗きカラクリの押絵看板にさえも、我々はグロテスクの甘き郷愁を感じることが出来るであろう。

私は無学にして「グロテスク文学」とハッキリ名付けられるような作者なり作品なりが存在するかどうかを知らない。だが郷愁としてのグロテスクは、どの時代どの国の文学にも多かれ少かれ含まれていたのではないか。近世の小説で云えば、エドガア・ポオの「ホップ・フロッグ」その他幾つかの作品、「プラーグの大学生」の作者エーヴェルスの諸作、スティヴンスンの「ジーキル博士とハイド」詩人シェリ夫人の「フランケンシュタイン」そしてマーク・トウェンの怪奇と滑稽の或作品にすらも我々は多量のグロテスクを感じるのであるが、中にもドイツ浪漫派の巨匠アマディウス・ホフマンの「砂男」その他の怪奇作品は最もグロテスク文学の名にふさわしいものであろう。

それから私の愛するもう一人の作家を云えばイギリスのアーサー・マッケンである。この文明世界に古代ギリシャの悪魔が実在することを信じ切っているかの如き彼の数々の怪奇物語は「グロテスクへの郷愁」そのものの如くに感じられる。

明治以後の日本文学では広津柳浪、泉鏡花氏のある作にグロテスクを感じ得るし、谷崎潤一郎氏の初期の作品や芥川龍之介の一二の作からもその濃厚な匂を嗅ぐことが出来る。併し云う迄もなくこの人々をグロテスク作家と呼ぶことは出来ない。私は寧ろ畑違いの洋画家村山槐多を日本グロテスク派と名付けたいように思うのだ。「乞食と貴婦人」などという彼の怪奇な油絵もグロテスクの名に当らぬことはないが、私の意味は彼の文学である。遺稿「槐多の歌える」には彼自から探偵小説と呼んだ所の三つの作品が収められているが、探偵小説というよりは怪奇の夢を描いたものであって、猫のように刺のある真赤な舌を持つ怪青年の物語は、今でも私の記憶に焼きついて離れはしない。その作品は未成品ながら、彼もグロテスクに甘い郷愁を感じた一人に相違ないのである。

日本現代の怪奇作家は殆ど例外なく探偵作家の名称に統一されているが、その中からグロテスクの郷愁を持つ優れた作者を拾い出して見るならば、横溝正史、妹尾アキ夫、渡辺啓助、葛山二郎、瀬下耽の諸氏がそれであろう。彼等は無論グロテスクのみの作家ではない。併しグロテスクの甘さと恐ろしさと滑稽味とを、やや体得している人々ではないかと思う。

レンズ嗜好症

中学一年生のころだったと思う。憂鬱症みたいな病気に罹(かか)って、二階の一間にとじこもっていた。憂鬱症は日光を恐れるものだから、家人に気がねしながら、窓の雨戸を閉めたままにして、暗い中で天体のことなど考えていた。そのころ父の書棚の中に、通俗天文学の本があって、私はそれによって宇宙の広さを知り、地球の小ささを知り、自分という生物の虫けら同然であることを感じて、憂鬱症の原因はそういうところからもきていたのだが、中学生としての勉強など無意味になってしまって、天体のことばかり考えていた。無論肉眼で見えない太陽系の向うの天体のことである。

そんな風にボンヤリしていて、ふと気がつくと、障子の紙に雨戸の節穴から外の景色が映っていた。茂った木の枝が青々として、その葉の一枚一枚までが、非常に小さくクッキリと映っていた。屋根の瓦(かわら)も肉眼で見るのとは違った鮮かな色だったし、その屋根と木の葉の下に（そこに映っている景色はさかさまなのだから）広がっている空の色の美しさはすばらしかった。パノラマ館の背景のような絵の具の青さの中を、可愛らしい白い雲が、虫の這うように動いていた。

私は永い間、その微小な倒影を楽しんだあとで、立って行って障子を開いた。景色は障子の紙の動くにつれて移動し、半分になり、三分の一になり、そして消え失せてしまった。景色を映していた節穴は、今度は乳色をした一本の棒となって、暗い部屋を斜(はす)に切り、畳の上に白熱の一点を投げた。

私はその光の棒をじっと眺めていた。乳白色に見えるのは、そこに無数のほこりが浮動しているためであることが分った。ほこりって綺麗なものだった。よく見るとそれぞれに虹のような光輝を持っていた。一本の産毛(うぶげ)のようなほこりはルビーの赤さで輝き、あるほこりは晴れた空の深い青さを持ち、あるほこりは孔雀の羽根の紫色であった。

そのころ私の父は特許弁理士をやっていて、細かい機械などを見るために、事務室には大きなレンズが転がっていた。直径三寸ほどもある厚ぼったいレンズが、丁度その時、私の二階の部屋に持って来てあったので、私は何気なくそれを取って、節穴から光の棒に当てて見た。そして、焦点を作って紙を焼いたりして、子供らしいいたずらをしていたが、ふと気がつくと、天井板に何か薄ぼんやりした、べら棒に巨大なものが、モヤモヤと動いていた。

お化けみたいなものであった。私は幻覚だと思った。神経が狂い出したのではないかとギョッとしないではいられなかった。

しかし、よく検べて見ると何でもないことなのだ。畳の一点が節穴の光線に丸く光っている、その光の真上にレンズが偶然水平になったために、畳の目が数百倍に拡大されて天井に映ったのだ。

畳表の藺の一本一本が、天井板一枚ほどの太さで、総体に黄色く、まだ青味の残っている部分までハッキリと、恐ろしい夢のように、阿片喫煙者の夢のように写し出されていたのだ。

レンズのいたずらと分っても私には妙に怖い感じだった。そんなものを怖がるというのは、多くの人にはおかしく感じられるかも知れない。だが、私は真実怖かったのだ。

その時以来、私の物の考え方が変ってしまったほどの驚きであった。大事件であった。

これは少しも誇張ではない。私はあのものの姿を数十倍に映して見せる凹面鏡の前に立つ勇気がない。いつも凹面鏡に出くわすと、ワアッと、いって逃げ出すのだ。同じ感じで、検微鏡をのぞくのにも、少しばかり勇気を出さなければならない。レンズの魔術というものが、他人に想像出来ないほど、私には怖く感じられるのだ。そして怖いからこそ人一倍それに驚き、興味を持つ訳である。

その以前にも、望遠鏡とか、写真機とか、幻燈機械などが好きで、よく弄んではいたのだけれど、レンズというものの恐怖と魅力とを身にしみて感じたのは、その時が初めてであった。三十年に近い昔の出来事をまざまざと記憶しているゆえんである。

それから今日まで、レンズへの恐れと興味は少しも減じていない。少年時代にはいろいろとレンズの遊戯を楽しんだし、小説を書くようになっては、そういう経験に基いて「鏡地獄」その他レンズに縁のある小説を幾つも書いた。自分の子供が大きくなって、小学上級生になると、子供よりは寧ろ親の方が乗り気になって、天体望遠鏡を買ってやったり、それで以て地上の景色を眺め暮したり、子供と一緒になって小型映画の器械で色々な実験をしたりして喜んでいるのである。

つい二三ケ月以前、何新聞であったか、東京の大新聞の一つが、アメリカで天体望遠鏡の二百吋レンズが半ば出来上ったことを、ニュースとして大きく報道したことがあったが、私はあの新聞編輯者に敬意を表している。戦争や外交や株の記事ばかりがニュースではない。二百吋のレンズというものは、宇宙を何倍にも拡げてくれるのだ。人類の視覚が俄然として広くなるのだ。どうしても見えなかったものが、見え出すのだ。人類全体が、盲目が目開きになるほどの大事件だ。その重大性は戦争などの比ではない。

ウイルソン山の百吋望遠鏡でさえも、どれだけわれわれに新らしい宇宙を見せてくれたか分らない。われわれの宇宙観というものが一変したといっても過言ではなかった。それが今度は二百吋なのだ。十何畳敷もあるべら棒に大きなレンズなのだ。こいつが備えつけられた時には、どんなものがわれわれの視野に入って来ることであろう。そして、宇宙観が、物理学が、哲学が一つのレンズの為にどれほどの影響を受けることであろう。あれが完成するのは三年後だとかいうことであるが、直接それがのぞけなくても、のぞいた学者達の話を聞くためだけにでも、私はそれまで生きていたいと思っている。

【解説】

恐怖と嫌悪が描き出す甘美な世界

長山靖生

江戸川乱歩の世界はセピア色だ。時に極彩色だったり、モノクロだったり、それどころか闇色だけの作品もあるが、その極彩色もまたノスタルジックなセピアに染まっている。乱歩作品は何かとても懐かしいものを思い出させてくれる。しかし決して古びているわけではない。懐かしさを感じはするものの、冷静に顧みれば乱歩作品がもたらす光景は、自分の実際の経験中にはあり得ない未知のもの、それどころかこの世のどこにも存在しないものだったりする。それがいつの間にか私たちの心に忍び込み、記憶を塗り替えるようにして住み付いてしまう。乱歩作品を読み終えた後に長く残る、甘美な痛みは何だろう。この後ろめたい魅力は何だろう。

乱歩は明らかに異様なもの、妖美なるものに惹かれており、嗜虐趣味や被虐趣味、レンズや凹凸のある鏡への嗜好や覗視癖、人形愛や少年愛などの異常性愛、手品や催眠術、交霊術や疑似科学といったものに強い関心を抱いている一方、極めて怜悧な分析力をも持ち合わせており、幻想的な資質とは裏腹に、探偵小説においては謎解きを主体とした本格物こそが本道とみなし続けた。

乱歩はその思想と嗜好に極端な分裂があり、にもかかわらずそのどちらに比重を置いた作品でも傑作を残した。自身の思想と資質が噛み合わない悲劇は、しばしば作家に見られるもので、そうした場合多くは思想に引きずられて持てる能力を存分に発揮し切れないという悲劇に陥ることが少なくない。しかし思想としての本格指向と、資質としての変格嗜好に引き裂かれる部分を持ちながらも、双方を排斥しあうことなく交錯し蝕知させたところに、乱歩的感性はある。

実作においても、たしかに「二銭銅貨」や「心理試験」などの優れた本格探偵小説も書いており、おそらくそれだけでも日本のミステリ史に名を遺したであろうことは間違いない。「D坂の殺人事件」「屋根裏の散歩者」「お勢登場」など、異常嗜好と本格理論の両立を図って成功した作品も少なくない（ちなみに昭和二年の平凡社版『現代大衆文学全集3　江戸川乱歩集』では「D坂の殺人事件」は純粋な探偵小説、「屋根裏の散歩者」は変格的な探偵小説に分類されているが、どちらも異常な欲望が引き起こした犯罪事件を扱い、トリックが示され、名探偵明智小五郎が謎を解く）。

江戸川乱歩は一九二〇年代前半には「探偵小説非通俗」という考えに固執しており、一部の理知的マニアのための、厳密な意味でオリジナリティーのあるトリックを中心にした本格探偵小説こそが本道だとしていた。その時点で、実作においてはすでに優れた幻想的作品も書いていた乱歩だが、変格物はあくまで非主流であり、怪異幻想を描いてお茶を濁すのは明確な理論で作品を構成しきれないための逃げに過ぎないと卑下し、否定的に眺めてさえいた。

だから乱歩は「木馬は廻る」発表時にはその末尾に〈作者申す、探偵小説にするつもりのが、途中からそうならなくなって、変なものが出来上り、申訳ありません。頁の予定があるので、止むなくこのまま入れてもらいます。〉と註記し、「押絵と旅する男」（「新青年」大正一五年一〇月号）にも〈前号予告のものが出来なかった。だが、そうそう違約することは許されぬので、旧稿を書きついで責をふさいだ。読者諒せよ。〉との附記を付けていた。「火星の運河」に至っては「附記」ではなく「お詫び」として〈読者が失望された如く、これは無論探偵小説ではない。一月ばかり私は健康を害していて、筆を執る気力もないのです。しかしこの号には、編集方針からいっても、どうあっても何か書かねばならず、止むなく拵えものの難をさけて流れ出すままの易についた。片々たる拙文、何とも申訳ありません。一言読者の寛恕を乞う次第です。〉と述べているほどだった。

しかし当人の倦厭と悔恨にもかかわらず、文壇的評価は幻想作品でこそ高く、一般的な乱歩人気も変格探偵小説で確立したというのが実態だった。本書が収めるのは、当時は変格探偵小説として扱われた乱歩の幻想作品群であり、その嗜好を余すところなく語った随筆である。

そしてそんな乱歩の多様な作品のすべてが探偵小説として読まれたことが、日本における探偵小説認識を柔軟で豊かにしたことも、忘れてはならない。他の著者の作品であれば、「木馬は廻る」や「押絵と旅する男」のように謎や不思議はあっても謎解きがなく、それどころか明確な犯罪すら起きない小説は、探偵小説としては扱われなかったかもしれない。探偵作家・江戸川乱歩というブランドないしレッテルの強固さが、乱歩が内包していた多様な傾向――それは戦後になるとＳＦ、ホラー、幻想文学と呼ばれ、ミステリからは独立したジャンルとして確立していくことになる――がすべて変格探偵小説という概念のもとに社会的に認知され、そのことが夢野久作や海野十三、久生十蘭、小栗虫太郎ら後続する個性豊かな異色作家たちに、自由な作風での〝変格物〟を発表・展開する場を提供することともなったのだった。

江戸川乱歩は本名を平井太郎と云い、明治二七年、三重県名賀郡名張町（現・名張市）に平井繁雄ときく夫妻の長男として生まれた。平井家は士族で、父は当時名賀郡役所書記を務めていたが、乱歩の幼少期に父は幾度か職を転じ、家族も鈴鹿郡亀山町、名古屋市へと転居した。乱歩は小学生の頃は巖谷小波の御伽噺の世界に浸っていたが、母に菊池幽芳訳『秘中の秘』を読んでもらって探偵小説と出会った。幼少期から文字通りの活字少年で、お小遣いを貯めて町に一軒あった活字屋で四号活字と印刷インキを買い、自分で書いた御伽噺を印刷するなどしたという。

愛知県立第五中学校に上がる前に、母の蔵書にあった黒岩涙香や、父が所蔵していた博文館の雑誌『冒険世界』中の押川春浪作品に読みふけるようになり、その影響で密かにボートに乗って冒険に出ようと画策したこともあった。読書好きの乱歩少年は中学二年の頃には涙香作品をあらかた読んでしまい、その探偵小説については、半ば人情小説で推理の論理性においては生ぬるいものと考えるようになっていた。とはいえ夏目漱石、尾崎紅葉、幸田露伴、泉鏡花など、当時文名の高かった作家の作品を読んでも強く惹かれず、自身の欲求に添う文学にはしばらく出会えずにいた。

乱歩が初めてポオやコナン・ドイルにふれて探偵小説に没頭するのは大正三年になってからだ。早稲田大学政治経済学部在学中のことである。その頃、平井家の家産は傾いており、乱歩は植字工などとして働きながらの苦学だったが、その中でも図書館に通い、ドイルの「グロリア・スコット号」「舞踏人形」「試験騒ぎ」、アンドレーエフ「我狂せりや」を試訳した。

大正五年に早稲田を卒業するが、就職よりも渡米を志し、あちらで働きながら英語で探偵小説を発表したいと夢見ていた。しかし渡米資金の目途が立たず、断念せざるを得なかった。この時期、乱歩はまだ日本では本物の探偵小説が受け入れられる素地が整っていないと考え、日本語での創作は無理だと思っていたのである。

知人の紹介で貿易商の加藤洋行に就職したが、翌大正六年五月に同社を出奔して東京まで放浪し、活動弁士になることを夢見て浅草電気館で外国物の説明主任をしていた江口不識を訪ねて弟子入り志願するなどした。しかし弁士だけは生活が困難と聞かされて断念、内職やタイプライター販売員をするがいずれも長く続かなかった。だが結果的にはそれらの体験が、作家となった際には蓄積として役立ち、作品の随所に生かされることになる。

この年の一一月、鳥羽造船所に就職。ここでは庶務課に配属されて社内誌の編集や地域交流事業などを担当して、比較的楽しく働けた。また地域交流活動として出かけた読み聞かせ会で、小学校教師の村山隆子と知り合い、大正八年に結婚することになる。

ただし鳥羽造船所は大正八年一月に退社し、二月には東京市本郷区の団子坂上に弟たちと古本屋・三人書房を開業、また友人と智的小説刊行会を計画したが、どちらも資金も運営計画も甘く挫折した。再び職を転々とした。風刺漫画雑誌『東京パック』の編集を任されたこともあったが、記者として記事を書くだけでなく、自身も漫画を描いた。なまじその出来が良かっただけに、漫画家たちの不興を買い、また経営側による給料不払いもあったために辞した。若い頃の乱歩は、才能はあるものの、その活かしどころが見出せず、また一般事務職に落ち着くには忍耐力を欠いていた。

そこに誕生したのが『新青年』だった。博文館から『冒険世界』の後継誌として大正九年に創刊されたこの雑誌は、当初こそ経営側の意向で農村青年のための海外雄飛を勧める記事などを載せていたが、編集長に抜擢された森下雨村の方針で翻訳探偵小説を掲載したのが当たり、しだいに都会派青年の好む新奇な諸傾向を紹介する雑誌へと変貌していく。乱歩は同誌の海外翻訳探偵特集号が三冊に達した大正一一年、いよいよ日本でも探偵小説創作が可能になったと感じて「二銭銅貨」と「一枚の切符」を『新青年』編集部に送った。一一月のことである。雨村は原稿は受け取ったが多忙のためすぐには読めないと手紙で知らせてきたが、一二月になると、まず「二銭銅貨」を掲載する旨知らせてきた。同作は「新青年」大正一二年四月号に掲載され、ここに作家江戸川乱歩が誕生したのだった。なおこの時、雨村から相談を受けていた法医学・探偵随筆で有名な小酒井不木は乱歩作品を激賞する推薦文を執筆し、そのデビューに花を添えた。

以降の乱歩の活躍ぶりは、改めていうまでもないだろう。矢継ぎ早にすぐれた短編作品を発表した乱歩は、たちまち探偵小説のトップランナーとなったばかりでなく、谷崎潤一郎や佐藤春夫らからも注目される存在となった。また乱歩に刺激されて自身も創作に手を広げた小酒井不木が、探偵小説の大衆化の必要性を説き、そのためは娯楽性豊かな長編作品が書かれねばならないと唱えて、乱歩にも頻りに長編執筆を勧めた。

当初、乱歩自身は探偵小説の大衆文芸としての展開には消極的な面があった。探偵小説は純粋な娯楽であるが、あくまで知的な娯楽であり、一握りの同好の士が楽しめばよいと考えていたのである。また自分の創作活動が社会的意義を背負わされることを忌避したい気持ちも強かった。時代小説や探偵小説の書き手が集まった「二十一日会」の創設にあたっては、社会的有用性ではなく、〈高踏的な独りよがりな現在の文壇にあきたらず、もっと手近なところから民衆に呼びかけ、一般読書界の芸術化を計ろう〉(「探偵小説は大衆文芸か」大正一五)との趣旨に賛同して参加した。

その後、乱歩は『一寸法師』(『朝日新聞』大正一五年一二月~昭和二年二月)で本格的に長編探偵小説に取り組んだ。この作品は大評判になり映画化もされたが、当人は自己嫌悪に陥って放浪の旅に出、一四ケ月にわたる休筆期間に入った、その後も乱歩は執筆と休筆放浪を繰り返すようになる。それでも『陰獣』(昭和三)、『パノラマ島綺譚』(大正一五~昭和二)、『蜘蛛男』(昭和四~五)、『猟奇の果』(昭和五)、

『黄金仮面』(昭和五〜六)、『吸血鬼』(昭和五〜六)、『黒蜥蜴』(昭和九)、さらには『怪人二十面相』(昭和一一)にはじまる少年探偵団シリーズと人気作を連発し続けて、長く探偵小説界を牽引した。

本書収録作の魅力は作品自体が雄弁に語っているので特に述べる必要はないだろう。ここでは周辺情報を思い出すままに少し書いておきたい。

「赤い部屋」(『新青年』大正一四年四月増大号)は趣味人が集っては綺談を披露するという形式を踏まえた作品で、海外ミステリにも見られるし、日本でも実際に前近代に行われていた綺談会などが営まれ、その記録や形式の一端が『百物語』や『兎園小説』として残っている。それにしても「赤い部屋」のスタイリッシュな語り口は見事で、最後に落ちを付けるのは蛇足の感もあるが、物語が召喚した魔を異界に返して世にとどめない百物語の伝統を踏まえているのかもしれない。

「夢遊病者の死」(『苦楽』大正一四年七月号)には犯罪心理や精神分析への関心、またドイツ表現主義の映画『カリガリ博士』などの影響が感じられる。昭和初期の第一次探偵小説ブーム期、多くの探偵作家が夢遊病者による(あるいはそれを利用したり、見せかけたりした)犯罪を作品に描いた。乱歩は学問に探偵的要素があるとし、なかでも精神分析は人間心理に対する探偵的な異常なる猜疑心を基調としており、探偵作家はさらに心理学を深く学んで作品に活かしていくべきだと述べている。

「白昼夢」(『新青年』大正一四年七月号)のグロテスクで野放図な脅威の有様は、まさに猛暑を受けて意識が曖昧となった脳裏に浮かぶ昏倒寸前の白い悪夢のようだ。この作品に現れた様々なオブジェのフェティシズム、また作者の病跡的精神分析を試みたいところだ。ところでショーウインドーの奇抜な広告人形への着目は、広告文化が盛んになった一九二〇年代の社会風俗を巧みにとらえたものでもあった。思えば龍胆寺雄の『放浪時代』はショーウインドー・デザイナーの物語であり、堀辰雄「眠れる人」の話者は夜のショーウインドーにゾートロープのような動く騙し絵を見るのだった。なお作中の薬店のモデルは、有田音松が創業した薬舗チェーン「有田ドラッグ」だと思われる。虚構混じりの誇大広告で人目を引き、成分のあやしい薬を売る商売は、一時はかなり成功して手広く店を拡げていた。その店先には蠟細工の模型が飾られ、店内に入ると際どい性病患者の患部模型などが陳列されているといった塩梅で、街の人々の恐怖混じりの好奇心を刺激した。

「百面相役者」(『写真報知』大正一四年七月号)は、もちろんこれ単独で成立している佳品だが二十面相の前日談めいた雰囲気もあり、一粒の種のような着想が、やがて作家の中で育って枝葉を広げていく過程を垣間見る思いもある。もしかしたら発表当初よりも今日の方が味わい深く感じるかもしれない。

「毒草」(『探偵文藝』大正一五年一月号)は堕胎問題を扱っている。日本では刑法で堕胎罪が定められているが、当時、実際には農村部でも都市部でも堕胎はなかば公然と行われていた。また労働者や女性の権利として堕胎を認めるべきとの議論や産児制限も論じられていた。後に瀧川事件で知られることになる京都帝国大学の刑法学者瀧川幸辰は大正一三年に論文「堕胎と露西亜刑法」で堕胎は妊婦による自傷行為であり刑罰に当たらないと主張、また原田皐月は小説「獄中の女より男に」(大正四)で、母体内の胎児は母の附属物にすぎないとの女性の主張を登場させている。しかし乱歩は、堕胎をあくまで個人の犯罪ととらえ、そうした行為が日常に紛れていることの恐怖を描いた。

「火星の運河」(『新青年』大正一五年四月号)は、何とも言い知れぬ陰鬱な想い、心の奥底に拭い難く横たわる神秘的で混沌とした恐怖、意識の底で育ち続ける狂気……などを描きながら、あくまで静謐な作品だ。火星の運河と呼ばれるものは、一八五八年にイタリアの天文学者アンジェロ・セッキが最初に言及し、これをアメリカの天文学者パーシヴァル・ローウェルが人工的なものだと主張したことで大変な話題となった。火星人の存在を示唆するこの見解は、一時はかなり人気を集めたが、光学技術の発展により二〇世紀初頭には溝ないし運河と思われたものは錯視にすぎないと理解されるようになった。しかし火星の運河が喚起した〝火星人〟のイメージはH・G・ウェルズやE・R・バローズの作品に、日本でも中山啓『詩集　火星』（大正一三）などに影響を与えた。乱歩はそんな火星の運河に未来や宇宙の広がりではなく、恐怖と狂気、流れる血のイメージを重ねる。未知の視覚を人間にもたらすのは、望遠鏡や顕微鏡などの光学機械ではなく、また眼球でもなく、最終的には脳内現象なのだ。

「人でなしの恋」（「サンデー毎日」大正一五年一〇月一日号）は愛する者も愛される対象も……という二重の意味で「人でなし」だが、それだけに頽廃美にあふれた作品。人形愛はピュグマリオンやダイダロスの昔から、中世ヨーロッパの金属人形ジャックマール、またデカルトの少女オートマトン、リラダンのアンドロイド・ハダリーと、泰西では古くから連綿とつながる傾向だが、それを和様において達成した乱歩のオリジナリティーと筆の冴えは、本当に彼の中にある嗜好のなせる業だったのかもしれない。乱歩の人形愛は随筆「人形」に余すところなく語られている。

ゆっくり回るメリイゴーラウンドは物悲しいが「木馬は廻る」（『探偵趣味』大正一五年一〇月号）はひとしおだ。活動館の音楽師を落後したラッパ吹きや太鼓が奏でる音楽は、少し調子を外したジンタのテンポだろうか。繰り返し同じところを回り続ける木馬は、どうあがいても振出しに戻ってしまう迷宮のようだ。乱歩作品に感じる懐かしさは、忘れていた悪夢への郷愁なのかもしれない。

なお作中に通奏低音のように響いている「ここはお国を何百里」の曲名は「戦友」（真下飛泉作詞、三善和気作曲）。日露戦争の戦闘をうたったもので演歌師によって広められた。今は軍歌と呼ばれているが、歌詞も曲調も哀愁に満ちており、厭戦的だと批判された。実際、日露戦争期には陸軍はこれをうたうことを将兵に禁じ、太平洋戦争中も禁歌とされた。しかし兵卒がうたうのを止められず黙認したといわれる。

この木馬館がどこにあるのか地名は明示されていないが、発表当時の読者は遊園地のメリイゴーラウンドではなく、むしろ浅草の演芸小屋「木馬館」を連想したかもしれない。一方、「押絵と旅する男」（『新青年』昭和四年六月号）には凌雲閣（浅草十二階）など実在の名称が登場し、汽車で乗り合わせた老人が明治二八年の浅草を舞台にした幻想的な回想譚を語る形式をとっている。作品が発表された昭和四年からみると三四年前の話であり、舞台となった凌雲閣は大正一二年の関東大震災で倒壊して既になかった。つまりここにあるすべては、昭和初期において既に懐かしいものだった。

凌雲閣の階段壁面の戦争画の陰惨さは、押絵の中の桃源郷と対比されることでいっそう際立つ。しかしそもそも戦争画は戦意高揚・戦勝祝賀を目的にしたものだったはずだ。そこに只恐怖のみを見る乱歩の視線は、異常だったのか正常だったのか……。

発表当時、「押絵と旅する男」や同じく昭和四年に発表された「芋虫」（雑誌掲載時の題名は「悪夢」）は戦争の悲惨さを指摘する作品としてプロレタリア文学者から賞賛されたという。しかし乱歩自身は、そうした思想的意図はなく、ただ自分の嗜好にしたがっただけだと戦後にも語っている。

やがて大陸で事変という名の戦争がはじまり、日本国民のすべてが戦時体制に巻き込まれていくにつれて贅沢や娯楽全般に対する締め付けが厳しくなっていった。文芸作品に対する検閲も厳しくなり、探偵小説に対する内務省図書検閲室の締め付けも昭和一二年頃から強まった。乱歩作品もしばしば検閲の指摘を受け、書き直しや伏字を余儀なくされたが、昭和一四年には「芋虫」が全編削除処分となった。戦前の検閲における発禁は、安寧秩序紊乱と風俗壊乱に分かれるが、「芋虫」はその両方が理由とされたという。この処分に衝撃を受けた乱歩は、探偵小説執筆継続が不可能になったと判断して、戦後まで小説はほぼ書かなくなった。そして戦後は少年探偵団シリーズを再開して大人気を博すなど健筆ぶりを示す一方、新人発掘や海外作家との交流などを積極的にこなし、推理小説と名を変えた戦後のミステリ界の発展に尽力した。そんな篤実な風貌が目立つ戦後の乱歩にあって、「指」（『ヒッチコック・マガジン』昭和三五年一月号）は戦前と変わらぬ悪夢への嗜好の健在ぶりを垣間見せる佳編だ。ここで乱歩は謎解きを試みていない。話者が見たのが真実なのか錯視なのかも問われない。乱歩にとって犯罪も怪異も謎解きも実は等しく「真実としての夜の夢」であり、平穏な日常を顛覆する奇想のひとつにすぎず、解き得ない謎にこそ強く惹かれていたのではないか。

乱歩的世界の魅力は小説のみならず随筆でも存分に発揮されている。乱歩が語る嗜好はいずれもありふれたものだが、しかし他の何人も語り得なかったユニークさを備えている。そのまなざしは他人には見えぬ色を見、他人には見えぬ形をとらえる特殊な歪みを持っているかのようだ。その歪みを介してこそ、この世界が秘めている闇の真の姿が炙り出されるのかもしれない。

一九二〇年代の浅草は日本で最も繁華な歓楽街だったが、その喧騒にはいじましい悲哀が漂っていた。

活動小屋が林立し、関東大震災前には浅草オペラが、震災後はジャズやシャンソンを取り入れたレビューが人気を博したが、その歌声はキッチュな響きをしていた。例えば浅草オペラの人気演目『ボッカチオ』(フランツ・フォン・スッペ作曲)は砕けた日本語で歌われたばかりでなく、音楽演奏もかなり簡略化されていた。レビュー演奏も同様だったが、しかし稚拙ながらも熱のある即興や変装は、本物とは別かもしれないが劇的効果を上げていた。また軽演劇も海外の演劇や映画を巧みに取り入れた新奇で小粋な笑いを身上とした(軽演劇を形容する「アチャラカ」は「あちら(外国)から」に由来するという)。

そうしたキッチュ・モダンな浅草で、なぜ安来節がロングランの大ブームになったのか不思議だったのだが、「浅草趣味」(『新青年』大正一五年九月号)を読むと、その雰囲気がおぼろげながら理解できる。安来節というと今では「どじょうくすい」のイメージだが、元々は出雲節を基調として江戸時代に発達した民謡で、大正時代にはまず大阪の興行で人気を博し、それが東京にも持ち込まれた。大正一一(一九二二)年六月、常盤座にかかったのが浅草六区でのブームの始まりで、たちまち玉木座、帝京座が続き、遊楽館、松竹座、大東京、十二階劇場、日本館、東京館、そして木馬館などが地方から一座を呼ぶなどして舞台にかけ続け、昭和になっても人気は衰えなかった。その熱狂ぶりは今では測りがたいほどだったが、残された写真を見るに踊り子は太股もあらわに踊っており、その大胆さが人気の一因だったと思われる。乱歩の〝和製ジャズ〟以下の表現は、そのパッションを生々しく伝える。

これも浅草人気とつながっているが、写真を連続して映写することで動いているように見せかける活動写真(大正中期には映画という名称も混在)はその構造自体が視覚トリックであり、乱歩の同時代にも芥川龍之介の「影」や谷崎潤一郎の「人面疽」など映画を取り込んだ探偵小説や幻想小説が数多く存在したが、「映画の恐怖」(『婦人公論』大正一四年一〇月号)ほど、映画がもたらす多様な恐怖を明断に語ったものは類例がない。モノクロ映画はカラー作品以上に光と影のコントラストが強調され、時に愴絶な不気味さを醸し出す。そこにあるのはサイズと色感の混乱だ。

セル・フィルムが熱に弱く、しばしば映写中に燃えたことはよく知られているが、その視覚的恐怖についての観察、特に点状の焼け焦げが広がって火を噴く刹那、モノクロ映画が炎の赤で染まるあたりの描写は素晴らしい。ネガの大写しも、確かに不気味なものだろう。私にはちょっとしたトラウマがあり、六歳頃のことだが、たまたま点けたテレビにモノクロ映画が映り、座敷にいた侍が障子を開けるとそこに巨大な女の大首が……という場面で、すぐに消したが強烈な印象が残った。だいぶ後になって、『四谷怪談』の一コマだと判明したが、あの恐怖を乱歩は映画を観る度に感じていたのだろうか。

乱歩の映画好きは少年期の「ジゴマ」や「ファントマ」への熱中にはじまり、作家になる以前には活動弁士に憧れたこともあったのは前述のとおり。さらに大正七、八年頃の古本屋開業時代には、監督修行を志願して映画会社各社に手紙を送ったという。これらは実現しなかったが、乱歩作品はしばしば映画やテレビで映像化された。しかし幻想的作品は映像化が難しく、探偵小説は映像化すると早くネタが割れてしまいがちで、原作ほどの成功作は得られなかった。

『狂った一頁』を撮った衣笠貞之助監督は、続いて「踊る一寸法師」を芸術映画として制作したいと希望していたという。乱歩は〈「狂った一頁」はいろいろ批評もあるようだが、カメラワークの優れた点では何人も異存のない、熱のこもった、息苦しいほどの名作であった。あの調子で拙作を映画化してくれるというのは何とも愉快なことだと思っている。同君が考えている拙作のシナリオの断片を聞いたが、それによっても、私は同君が一個の芸術家であることを信じている。〉(「一寸法師雑記」)と記している。しかし衣笠版「踊る一寸法師」は実現しなかった。作品の質は高かったにせよ『狂った一頁』は興行的には失敗作で、衣笠が松竹に入ったこともあり、芸術路線の継続が困難になったためだ。

「墓場の秘密」(『婦人の国』大正一五年四月号)は墓地をめぐる恐怖の中でも、特に誤った埋葬の恐怖を語っている。人の生死判定はあんがい明確でなく、現代では脳死をもって死とするが、かつては心停止すると死んだとみなされた。心臓が止まっていても心臓マッサージや電気ショックで再び自律運動が悖る場合もあるし、また心臓が弱って鼓動が微弱になっていると、誤って停止したと判断されてしまうケースはあり得る。こうした現実の出来事が元になっているのかどうかは定かでないが、死者が墓から蘇る不死人伝説は洋の東西を問わず古くからあり、吸血鬼伝説にも影響を与えた。文中、ポオの「早過ぎた埋葬」への言及があるが、ポオはこのテーマを「ベレニス」「アッシャー家の崩壊」「アモンティリヤドの酒樽」などでも用いている。乱歩の「お勢登場」はその変奏であり、サルトルの「壁」も「早過ぎた埋葬」を意識した部分があるのではないかと想像される。

「ある恐怖」(『探偵趣味』大正一五年正月号)は幽霊や化け物にはじまり、都市的、心理的、肉体的、迷宮的、暗室的……とさまざまな恐怖が簡潔に指摘されている。言われてみれば、大概の人はそれらへの恐怖に心当たりがあるだろう。だが乱歩に指摘されなければ、はっきり意識することはなかったのではないか。乱歩作品がノスタルジックなのは、自分が意識していなかった不安、透かしのように刻まれている微かな心の痛みを、あっさりと紙の上に定着させるからではないだろうか。なおここでは、電話やラジオの声も恐怖という観点から取り上げられている。そういえば電話の発明当初、この装置を通して異界の者や死者とも通信ができると噂された。またラジオは明治三三（一九〇〇）年、レジナルド・フェッセンデンが世界で初めて電波に音声を乗せることに成功し、さらに電動式の高周波発振器を開発・改良して一九〇六年一二月二四日に自身の「無線局」から発信したのは、クリスマスの挨拶と音楽、そして『聖書』の朗読という一種の〝神霊的〟放送だった。

日本でも一九二〇年代初頭にはアマチュアによる自作無線機での私的無線交信がはじまり、大正一一（一九二二）年に受信機製作情報誌「ラヂオ」が創刊、大正一三年三月二二日にはＪＯＡＫの試験放送がはじまっている（正式放送は翌一四年）。まさにラジオは、探偵小説と共に勃興し広まっていったのだ。そしてラジオをめぐっては、目に見えない電波が自分を侵犯し、操られるという、いわゆる〝電波系〟をも生んだのだった。それらはまさに科学の光がもたらした影のような反応だった。

「群集の中のロビンソン・クルーソー」（「中央公論」昭和一〇年一〇月号）は現代人にはなじみ深い都会の孤独をとりあげながら、そこに変身願望やもう一人の自分への嗜好を語っているのが、いかにも乱歩らしい。

「人形」（「東京朝日新聞」昭和六年一月一四、一五、一六、一七、一九日）もまた、いかにも乱歩らしい嗜好の自己分析。乱歩にとって人形は動かないヒトであり、動かない故に他者をより動かす魅惑の存在だった。そのことは澁澤龍彦の「人形愛の形而上学」と比較するとよく分かる。澁澤は異常性愛やグロテスク趣味、レンズ嗜好など、乱歩に通ずる多くの異端美学を共有しており、人形愛の人でもあったが、〈自動人形は、あくまでも人形のなかの特殊な形態ではあるが、そのなかに、あらゆる人形に一般的な人形愛の形而上学が、もっとも純粋な形で見出される〉と述べているように機械（ゼンマイ）仕掛けの動く人形に最も強い関心を寄せていた。それは「人に似る」ことの主要因子を「動くこと」に置くことでもあった。これに対して乱歩の人形は、等身大の市松人形であれ、蠟人形であれ、動かない。動かないが意識や感情がありそうな人型の存在が乱歩の人形であり、あるいはそこから敷衍して、乱歩にあっては動かない人こそが最も関心を引く存在であることをも示唆するように感じる。それは人形愛の傑作「人でなしの恋」のみならず、「白昼夢」の人体模型、さらには生きながら動かない存在である「芋虫」の男にも通じる暗黒美学だろうか。

「郷愁としてのグロテスク」（『読売新聞』昭和一〇年八月一八日）の視点もまた、大衆的にして特異的な、乱歩ならではの視点と分析が光る。グロテスクなものへの固着は幅広く人類に共有されるもので、怖いもの見たさとか、目を背けたいのに見てしまうジレンマには多くの人が心当たりあるだろうが、それを〝郷愁〟ととらえるところがいかにも乱歩だ。しかしグロテスクの語源がグロッタ（洞窟）であることを思い起こすと、たしかにそれは人類起源の太古にまで遡る郷愁なのかもしれないと腑に落ちる。

乱歩がレンズや鏡を好み、それらがもたらす非日常の景色に強い関心を抱いていたことはその作品からも広く知られているが、「レンズ嗜好症」（『ホーム・ライフ』昭和一一年七月号）ではレンズなしで、雨戸の節穴からの日差しや空気中に浮かぶ塵に虹彩を見る乱歩の眼球それ自体のレンズとしての幻視機能から話がはじまり、ウイルソン山天文台の百インチ望遠鏡に至る。この百インチ望遠鏡は一九一七年に完成したフッカー望遠鏡のことで、一九四八年まで世界最大の望遠鏡だった（四八年に完成したのが文中で語られるパロマー山の二百インチ望遠鏡）。エドウィン・ハッブルはフッカー望遠鏡で得た観測データを元に、星雲は我々の天の川銀河の外にある別の銀河であることを明らかにした。まさに宇宙観も物理学も哲学も、レンズによって大きく変容することになった。

もし乱歩が巨大望遠鏡を覗いたら、その先に何を発見しただろう。電子顕微鏡を覗いたら。乱歩のまなざしは、そこに他の誰も発見できない何かを見出したのではないか。それがいかなる眺めかは私には想像もつかないが、何かを明らかにするよりも新たな迷宮や闇を増やし、世界を甘美な恐怖の坩堝に突き落とすものであることだけは間違いない。

収録作品について

各作品は、『江戸川乱歩全集』（光文社、二〇〇三年〜二〇〇六年）などを底本に、適宜初出誌等を参照しました。初出は長山靖生氏の「解説」の通りです。なお、本書収録にあたり、可読性を鑑み、旧仮名を新仮名に、旧字を新字に改め、ルビも適宜振ってあります。また、改行に準じて字下げを施しております。

本文中には今日的観点に立つと不適切と思われる表現があるかと思いますが、執筆あるいは発表された当時の時代背景、作品のもつ歴史的な意味や文学的価値を考慮してあります。

なお、長山靖生氏の解説は書き下ろしです。

【編集部】

【著者】
江戸川 乱歩
（えどがわ・らんぽ）

1894（明治27年）～1965（昭和40年）、小説家。

1923年、『新青年』に掲載された「二銭銅貨」でデビュー。

1925年に『新青年』に6ヶ月連続短編掲載したうち2作目の「心理試験」が好評を得、
初期作品は日本人による創作の探偵小説の礎を築いた。

また同時期に「赤い部屋」「人間椅子」「鏡地獄」なども発表、幻想怪奇小説も人気を博した。

1927年に休筆したのち、『陰獣』を発表。

横溝正史に「前代未聞のトリックを用いた探偵小説」と評価される。

1931年、『江戸川乱歩全集』全13巻が平凡社より刊行開始。

1936年、少年向け推理小説シリーズの第1話「怪人二十面相」を雑誌『少年倶楽部』に連載。

太平洋戦争により一時執筆を休止したが、戦後再開し、子どもたちから絶大な支持を受けた。

【編者】
長山 靖生
（ながやま・やすお）

評論家。1962年茨城県生まれ。

鶴見大学歯学部卒業。歯学博士。

文芸評論から思想史、若者論、家族論など幅広く執筆。

1996年『偽史冒険世界』（筑摩書房）で大衆文学研究賞、
2010年『日本ＳＦ精神史　幕末・明治から戦後まで』（河出書房新社）で
日本ＳＦ大賞、星雲賞を受賞。

2019年『日本SF精神史【完全版】』で日本推理作家協会賞受賞。

2020年『モダニズム・ミステリの時代』で第20回本格ミステリ大賞【評論・研究部門】受賞。

ほかの著書に『鷗外のオカルト、漱石の科学』（新潮社）、

『「吾輩は猫である」の謎』（文春新書）、『日露戦争』（新潮新書）、

『千里眼事件』（平凡社新書）、『奇異譚とユートピア』（中央公論新社）など多数。

江戸川乱歩　妖異幻想傑作集

白昼夢

2021年2月26日　第1刷発行

【著者】
江戸川 乱歩
【編者】
長山 靖生

発行者：高梨 治
発行所：株式会社小鳥遊書房
〒102-0071　東京都千代田区富士見1-7-6-5F
電話 03 (6265) 4910（代表）／FAX　03 (6265) 4902
http://www.tkns-shobou.co.jp

装画・装幀　YOUCHAN（トゴルアートワークス）
印刷・製本　モリモト印刷株式会社

ISBN978-4-909812-54-4　C0093